U0902562

Mermaid Inc.

人鱼公司

[美] 卡罗琳·米克尔森 著

胡丽婷 周梓瑶 译

天津出版传媒集团

天津人民出版社

目 录

第一章/1

第二章/13

第三章/23

第四章/35

第五章/47

第六章/61

第七章/73

第八章/85

第九章/95

第十章/107

第十一章/117

后 记/131

第一章

接近中午时分，阳光洒落在南加州的沿岸海面上，照得它熠熠生辉，仿佛璀璨的钻石切面。海鸥在湛蓝的天空下翱翔，海浪轻轻拍击着海岸，与鸥鸣交汇成美妙的乐章。米兰达仰躺着漂浮在海面上，金红色的头发散落于周身，享受着这难得的静谧时光。温暖的阳光拂过她的肌肤，泛起透亮白皙的光泽感。她将她的蚌壳开得更低了些，让阳光能够照到她光洁雪白的肌肤。

偶尔她用尾鳍轻抚过水面，想着，如果陆地上的生活能和此刻一样轻松的话，她一定会在那儿享受生活，当然，是在她完成她的使命之后。

米兰达回头瞥了一眼太阳在空中的位置，她该回去参加最后一次汇报了，之后，她将用尾鳍换取两条人类的腿。两条腿啊！这一想法使她激动得一阵战栗。自她第一次看到人类在游轮的甲板上翩翩起舞时，她就想知道拥有这两条高跷似的双肢而不是一条尾巴是一种怎样的感觉。现在，她马上要体验到了。但首先，她需要得到一双腿。

她一头扎入水中，径直游向她叔叔的洞穴中。直觉告诉她，她最好在换取双腿前来辞别叔叔。虽然她最爱的，也是仅剩的亲人谢默斯叔叔，在原则上勉强支持她这个出水计划，但她觉得自己要是真的爱叔叔，还是不要让他看到自己的腿比较好。像叔叔这样顽固的老人鱼，米兰达知道如果让他看到自己的脚趾的话，会惊到失声的。

“谢默斯叔叔？”米兰达将头探入那个他叔叔称之为家的海底洞穴中，“我来道别。”没有回答。于是她又喊道，“我知道你在家。隔壁的克莱姆森太太告诉我你今天一天都没离开你的洞穴。”

“那个女人总是不知道什么时候该闭上她的嘴。”随着一个有力的甩尾，她的谢默斯叔叔游了出来，给了她一个大大的拥抱，“我已经漂着思考很久了，陆地上到底有什么东西这么吸引你。”

米兰达并没有想费口舌去辩解。如果叔叔有一丁点儿意愿去理解她对人类的兴趣的话，早在之前数百次询问时，她就解释清楚了。“您不必过于担心。”

他扬起了花白浓密的眉毛。“这当然有必要，至少在你回来之前。”他皱起了眉头，“你确定你想这么做吗？”

“完全确定。”米兰达向他保证道，“谢默斯叔叔，我将全力以赴完成海底救援协会给我的任务。我相信在内心深处，您也一定知道这是一个重要的机会，我们要抵制那些滥杀鲸鱼的、道德败坏的人。”她歪歪头，“那么，我能带着您的祝福出发吗？”

“你都这么说了，那我只能同意了，不是吗？”这条年迈的人鱼点了点头，“那就勉强祝福你吧。”他叹了口气，指了指她的尾巴，“你知道的，如果你想实施这个计划，首先，你需要一双腿。”他脸上的不快明显流露出他对侄女即将拥有人类双腿的看法。

米兰达却没有这样的不安。能够拥有腿、脚踝、脚趾已使她激动得不能自已。她想要试穿系带凉鞋，想将脚趾蜷缩在湿沙地里。但她十分了解自己的叔叔，努力抑制住了这份激动之情，没在叔叔面前显露出来。更好的做法是向他保证她知道当务之急是什么，“我会去做我要做的事，然后在您还没来得及知道的时候就回到海底。”

他神色凝重道：“首先，最重要的是，我的侄女，我需要确定你理解了你的责任、后果和你将承担的一切。”

“我完全清楚我的职责。”米兰达向他保证。

他沮丧地摇了摇头，“你无法说服我你有行之有效的办法去净化人类的世界。你甚至不 知道他们会制造怎样的麻烦。”

“您也不知道啊，叔叔。”

他哼了一声，“我也不想知道，但我们不要再争论两条腿的事情了，不如来说说你有什么计划让自己看起来像一个真正的人类少女。”

米兰达耸了耸肩，“我可以学啊，一定会有些说明什么的吧？没有也没什么大不了的。一小勺海水就能对人类的灰尘起奇妙的作用。”

“侄女啊，人类所说的打扫实际上是除尘而不是扬尘的意思，这你知道吗？”

“我当然知道。”

对她这个明显的谎言，叔叔翻了个白眼：“接着说，你能向我保证你完全知道如果不能准时归来的后果吗？”

由于她的这位叔叔看起来实在是过于严肃了，她试着活跃一下氛围，“目前我所感受到的最大威胁就是如果没有准时回来，我将攒起一大堆舍不得扔掉的鞋子。”

“这并不好笑，米兰达。”他抚了抚额，“上帝啊，我就知道这是个错误。”

“对不起，我会认真的，谢默斯叔叔，让我们从头再来一遍。我会这么做：首先，我先去换取我的腿，然后我会登上岸，潜入洛克希勒的房子，在那儿搞清楚他的公关活动，最后回来向你和议会报告，这样我们就能挫败他的计划了。嗯，就是这样。”

她叔叔绕着他的洞穴快速地转着圈子：“你把事情想得太简单了。你这样不禁使我想起了你的科拉尔姑姑。”

米兰达露出了一丝微笑，“我记得科拉尔姑姑她充满活力、生性乐天、勇敢美丽，所以谢谢您的这份评价。”

谢默斯叔叔突然一个急刹车，“确实如此，并且我深深爱着她，如同爱你一样。但她同样鲁莽、天真，以致最后落得个化为海上泡沫的结局。如果你不能在十四天内回来，也必然是这个下场。”

米兰达突然有些喘不上气，“海上泡沫。”

谢默斯叔叔严肃地点点头，“海上泡沫。”他伸手紧紧地抓住她的手，“你将要去做的这件事很勇敢，也会给我们反抗那些怪物屠杀鲸鱼的活动带来极大的帮助，可你必须在两周之内回来。不准有一丝延迟，不准有任何意外。明白了吗？”

米兰达点点头，“不开玩笑了，我明白利害关系。我能做到的，谢默斯叔叔，我知道我能。”

这条老人鱼伸展双臂给了她一个紧紧的拥抱，“我祈祷你的选择是对的。”他送她到洞穴口，挥着手向她道别，“几天后我就能见到你了，亲爱的。”

米兰达也挥着手告别，强迫自己露出笑容，尽管一种突如其来的不确定性席卷了全身。几天后吗？愿海神大人保佑吧。

★★★

“请不要让我这样做，米兰达。一定还有什么其他的办法。”

米兰达看着这条有着粉色尾巴的美人鱼，这位自她第一天在海底学校上学时便结识的最好的朋友之一，“切尔西，你现在就不要再在我这儿发神经了。这个行动，我们从它还是个想法时就开始酝酿准备，直到现在通过了议会的审批，这会儿可不是放弃的时候。”

“哈，为自己辩解哪。”切尔西在原地快速翻了几个筋斗。米兰达了解她这个长期以来的习惯，这代表着她很紧张，“我现在很高兴地退出。”

这是米兰达不曾料到的。她们曾一起策划这个想法，让海底救援协会将人鱼变成人并将她们送上陆地。为了达成目的她们耐心地劝说每一个人鱼支持她们这个计划，因而她们能够在议会举行投票时，轻而易举地得到了批准通过。

而现在，她的这位朋友却认为米兰达会同意让她退出这个项目？看上去她是这么认为的。

“好吧。”米兰达说道，“只要你能让我拥有一双腿，你现在就可以退出。”

切尔西猛摇头，“不不不不，我拒绝和你进一步讨论这个问题，这将是我对于这个项目的最后一句话。”

米兰达耐心地等待着。话语是切尔西的惯用手段，而她所谓的最后一句话从来都不会是真正的最后一句。

“而且，”切尔西补充道，“我觉得你已经失去了理智。”

“我们不要在意我失去了些什么。”米兰达轻柔舒缓地说道。她的这位朋友性格很典型，喜欢在小河里翻出大浪，实际上却是心地善良、忠诚、机智，并且最重要的是，她是个半人鱼，关于人类的腿的事情，她知道的可比她的那些海底的伙伴们多得多了。“让我们把注意力放在能得到的东西上吧。”米兰达提醒她，“也就是说，我的两条新腿。”

“我不会再和你谈论任何与此相关的事了。”

切尔西转过身去背对米兰达，但是透过她尾尖的颤动，米兰达知道这次谈话还没有结束。五、四、三、二……

“我之前还从未在这么大的压力之下施过咒语呢。”她转过身来抗议，“要是我做不到呢？求求你放弃这个疯狂的念头吧，米兰达。我们可以假装从未有过这次谈话。”

“那我们也可以假装从未请求过海底救援协会的批准吗？来吧，切尔西，我们已经请求过他们的批准了。而且实际上我知道你心底一直从一而终地支持这个计划。”米兰达的脑中闪过无数说辞，想要说服她的朋友，“别忘了萨默和戈尔迪，我可以去陪陪他们。”

“哈，完美，我的嬉皮士母亲和她那只疯狂的宠物鸟。”切尔西泛着翻白眼，“这根本说服不了我来帮你换取两条腿，如果一定要我说的话，她们两个只是失去理智的贝壳而已。如果不是为了鲸鱼……”

米兰达打了个响指，“没错！那些鲸鱼需要我们，切尔西。他们都是些温柔有爱的家伙，是谁让他们受伤？”

毋庸置疑，整个海底世界都知道鲸鱼们是海洋中的温柔大个儿。

“好了好了。”切尔西退让道，“那我们来处理腿的事吧。”

米兰达和切尔西一起游向她的实验室，她简直不敢相信，体验人类世界的这个梦想就快成真了，“如果我还能再提一个小小的要求的话，我希望我的腿能够笔直修长，当然你要是能让我的脚趾甲透出芭蕾般粉嫩的颜色的话，我会永远感激你的。”

“别想太多了，米兰达，但凡你的左右腿能都安对边，你就够幸运了。”下潜之前，她回头叫了米兰达一声，“让我们祈祷你不会疼死过去吧。”

不死也快了。就在米兰达吞下那些白色药粉后的几秒内，她的尾部便开始传来钻心的烧灼感，并一直蔓延到她的上腹。她死死地抓住切尔西的手，那种痛感就好像是每一片鳞片都被生生地从她身上剥落。她紧紧地咬着自己的嘴唇，哪怕已经出血了。但是当她即将挨不住的那一刹那，那阵疼痛突然迅速地消退了。

米兰达满怀希望地深吸了一口气，将目光下移。她有脚了！她兴高采烈地拍着手，随着一个微小的颤动，她发现她可以移动它们，“切尔西，它们是如此的完美。看啊！”

她的朋友将身子转了过去，“我不想听，我现在已经后悔这么做了。”

米兰达笑着说：“它们是如此的性感，修长而匀称，最棒的在于，它们和我的手臂肤色一致呢。”

“你确定你还能游泳吗？”

米兰达笑得合不拢嘴。“对于一条人鱼来说，这问题多么有趣啊。看好了。”她朝前游了 20 英尺，连着翻了几个筋斗，踢踢踏踏地游了回来，“它们真是完美啊。”

切尔西的表情却透露出一股担心，“你现在当然说得很轻松。等你到了真正要用到它们的时候再看吧。”

“你想得太多了。”米兰达伸直了她的双腿——双腿啊！然后将它们抱在了胸前，“用它们走路能有多难呢？人类一直是这么走的啊。”

“人类有很多事是你不愿去模仿的，所以这不算是个令人信服的说法。我就该给你施个咒，让你能好好担心一下自己的安全问题。”她朝米兰达抛去一个怀疑的眼神，“我那时还应该多扔些衣服进去的。”

米兰达笑了，“别瞎操心了。我很喜欢这个……你叫它什么来着？”

“比基尼。”

比基尼。奇怪的名字，就是一串儿脆弱的白色贝壳织物，并且两胸之间有个金色的金属环，然后用几根带子系在了她的脖子上。再往下腰部的遮掩物更少，不过她很喜欢这种感觉。这么穿使她觉得自己就是一个人类了。她抱住了这位朋友，“这感觉太神奇了，切尔西！你一定要来试一试。”

她的朋友控制不住面部惊恐的表情，“绝不。”

米兰达拉过她的手紧紧抓住，“谢谢你。不管怎样，你是最棒的，切尔西。”

“是啊，每条人鱼都需要这样一位朋友，能施法让她拥有人类的肢体，在明知会有什么样的麻烦的情况下，还要送她一个人去天堂。我就是这样一位每条人鱼做梦都想拥有的朋友呢。”

“我不会是一个人的。”米兰达提醒她，“我将会去见你陆地上的妈妈呀，你忘了吗？你告诉过她我要去的事情了吗？”

切尔西阖上了眼，过了很久，当她再次睁眼时，她点了点头。“萨默知道你要过去，她说今天洛克希德的女佣会出去休假。当你到洛克希勒家的时候，她会带着钥匙和说明来接应你。”

“瞧，我们都准备好了。”为了使切尔西保持冷静，米兰达决定不再问有关萨默的问题了。切尔西和她的妈妈水火不容，她只要祈求老天保佑萨默——那个20世纪60年代自由恋爱时期便存在的女子，会按时出现就行了。

米兰达将视线投向远处的海藻，看着它们轻柔地摇曳着，她觉得自己得到了抚慰。短短几步距离就能到达陆地，可她却几乎和人类世界没有过交流。生活在干燥的空气中会和在海里一样吗？她能与人类相处吗？她能完成约定的任务吗？她揉了揉自己的手臂，不禁一阵战栗。

“等等，米兰达，你有仔细考虑过吗？”

米兰达看着切尔西。从这位朋友焦虑的眼神中，她仿佛也看到了自己。但她绝不会屈从于内心的恐惧。在水里多待一秒只会更加增添她对投入这个计划的担忧，并侵蚀她的信心。

她笑着，尽最大可能安慰她，“别担心啦，切尔西。从现在开始会一帆风顺的。”

第二章

同往常一样，贾斯汀·洛克希勒沿着海岸线跑了 5 英里，不过这会儿他停下了，站在悬崖的外露岩石上，看底下不断沉浮的海潮。抬头猛灌一大口水，随后为了凉爽，他将瓶里剩下的水全洒在自己的脸上、头上。长跑让他筋疲力尽，他却想以此放松心情。一想到回去又得待在狭小的办公室，应付那群难搞的客户，他就止不住地头疼。

他看似远眺海平线，但其实根本不愿欣赏这片太平洋的美景。海洋，就是成片的水；而他，恰恰厌恶水。用叔叔留下的遗产买下这栋能眺望大海的房子，就是为了向他富有的客户公司代表彰显他的能力。但事实是，他今年 34 岁，一直为出校门就效命的公司卖命，却仍在琐碎的工作里挣扎，比如处理少儿派对或当地比萨连锁店的账户资金问题。

贾斯汀就这么漫无目的地盯着海浪逐沙滩。这就是他下半辈子要过的生活吗？他下半辈子的日子就是这么一眼望到头，像海浪一般日复一日地交替更迭吗？要真是如此，上帝啊，你可得帮帮他。他正要打道回府，海滩上的一处动静引起他的注意。他走近岩石边，打算一探究竟。

当看清岸上的身影时，他欣喜地吹了一声口哨。那是一位女士徘徊在岸边。先前他根本没看见她游过来啊，不过可能当时他并没注意到那儿。她水性一定不错，因为这么强的浪潮，她都能驾驭，也可能就是游泳使她的身材如此匀称。即使相隔甚远，他依然能看清她的胳膊和双肩充满力量，像雕塑般有型。

他目不转睛地欣赏她优美的身形。她身着一套白色比基尼，那衣服就像她的第二层肌肤般贴身，一双腿笔直修长。距离太远，所以他看不清她的真面目，但她泛红的金发在阳光下熠熠生辉。总之，她美得不可方物。

他看着这位女士朝前走几步，蹒跚着，摔倒了，双膝跪地。她马上爬起来，张开双臂，像是在平衡身体。接下来，她的步子缓慢而坚定。她需要帮忙吗？也许浪潮太大了，她站不稳。但无论如何，现在只有一个弄清楚的办法。他把水瓶往岩石上一放，走向陡峭的小路，这条小路通下悬崖，直通到海岸边。

贾斯汀没走几步，他的电话就响了。一开始他不接，直接转到语音信箱。但不一会儿电话再次响起。他低声咒骂一声这个搅局的电话和电话那头的人，只得从兜里拿出电话接通。“什么事？”他不耐烦地说道。眼睛还一刻不离那个美妙的身影。

“你也早安。”

他恢复语气，“抱歉，格伦娜。”格伦娜是他的助理，她十分厉害。即使在他最烦躁的时候，他依旧对她彬彬有礼，因为她值得他的尊重，“什么事？”

“我知道这会儿给你打电话可能有些早，但我相信你估计挺愿意听到下面这个八卦的。”

他眼珠一转。格伦娜并不是一个八卦的人，这点他一直很欣赏。“能等会说吗？”他的眼神依旧锁住岸边的那位女士。她坐在沙滩上，像个小孩似的前后晃动双脚。哦，天，她喝多了吗？如果真喝多了，她可能就得一个人倒在沙滩上了。如此一来，他必须过去。

“抱歉，不行。”

突然，他惊觉到自己还在打电话，“什么不行？”

“不能等啊。你问我能不能等会说，我说不行。”格伦娜的语气由于激动而显得有些压抑，“这一定是你想听的。”

“你从哪里听来的八卦？”

“我们老板，默瑟和杰弗里斯那儿听来的。我今天早到公司，正站在小厨房里煮咖啡。他们可能以为周围没人，所以站在走廊上谈论你，就像平时别人八卦一样。”

“所以，我被炒了吗？”他问，“或者还要糟糕，我现在得接受一桩宠物食品的项目？”

“很好笑，但，不是，你没被开除。事实上，我听到杰弗里斯在讨论谁可以成为下一个合伙人。默瑟说你可以胜任。所以如果接下来的项目完成出色的话，那么你极有可能被他们选中。听上去是不是很棒？”

贾斯汀皱着眉头，看着岸边的女士朝水里走去。她究竟在做什么？如果她真的是喝醉头晕就不该往水里跑。但马上，他的担心就多余了，因为他看见她猛地潜入海水，浮出水面的动作又是十分熟练有力。贾斯汀心头一阵失落。该死的，她游走了。

“喂，贾斯汀，你在听吗？”格伦娜的声音把他拉回现实。

“是，我在。”他转身往悬崖上走，还不忘再回头看一眼。那位神秘的女郎并没有出现，“是的，好的，格伦娜。不过你听到他们打算交给我什么新项目？”

“森本企业，一个日本公司，”格伦娜回答道，“很明显，有人向他们公司的高层推荐了你，所以他们要求你做接头人。默瑟会在今天早上 10 点的会议上宣布这个委派任务。贾斯汀，我们可以在会议前做点工作，比如调查一下这个森本企业的背景。”

贾斯汀瞥了眼手表，“给我 45 分钟，我回去洗个澡换身衣服，到时我的办公室见。还有，谢谢你通风报信。”

“不客气。”格伦娜稍顿片刻，接着道，“但有个事你得知道，森本企业一直从事商业捕鲸。”

贾斯汀呻吟着，“鲸？你是指那些待在海洋里的庞大生物吗？”

“正是如此。”

贾斯汀感觉一阵胃痛。他讨厌水，厌恶至极，他甚至认为宠物食品的项目都要比这来得好，“你开玩笑，对吧？”

“不，你知道我不会和你开任何有关水的玩笑，”格伦娜严肃地说，“我一直记得那会儿我提出是否要在办公室放个热带鱼的水族缸时，你当时跳脚的模样。”

“我们只能接受这个项目。”贾斯汀举起没拿手机的那只手，抵上额头，不住地来回摩擦，“这不是我们能凭意愿就同意或拒绝的事，是吧？”

助理以沉默赞同。森本企业的项目很重要。他要么接受，要么做好放弃事业的准备。

和格伦娜商定好马上见面后，贾斯汀就关机了。他最后回头深深地看了一眼脚下的海岸线。还是没能看到那位女士的身影。

他感到一阵失望，但他立马把这种失望驱赶出脑海。不论那位女士有多优美，都不能忽视她“喜水”的特性，这就说明他俩不是同一世界的，就好像现在她的失踪一般。

★★★

“在把双脚泡废之前赶紧上来。”

米兰达听到声音后抬头，拿手挡在额头上方做遮阳板，来回寻找声音的来处，直到视野里出现一只全身羽毛蓝金相间的鹦鹉。切尔西早就提醒过她，萨默的鹦鹉是只毒舌鸟。事实上，好友切尔西的原话是“浑身羽毛的厚脸皮”。目前看来，切尔西完全没有夸张。米兰达的目光在海岸沿线搜索一圈，但并没有看到人影，“萨默呢？”

“洛克希勒的女佣目前安全地坐在出租车里，前往机场，”戈尔迪叫嚷道，“她让你麻利地把自己挪到那边沿海岸的悬崖上去，蠢鱼。”

米兰达望向那条陡峭的小径。上岸行走的第一次是愉快的，但也充满痛苦。她极度渴望让双腿放松，但现在看来，得爬上悬崖才能休息了。

“我怎么才能上去呢？”米兰达问道。

“我送你一句四字真言，”戈尔迪道，“游，到，岸，上。”

米兰达眼睁睁看着这只鹦鹉飞向海岸。她的心突然就同双脚般沉重。她简直愚蠢至极，她怎么会认为把尾巴换成双脚是一件很容易的事呢。结果现在，在水里她连蹬腿都觉得吃力，下半身重得不行，跟锚一般直往下沉。可怜的人类啊，她简直不能想象他们该如何生存。但是，一想到人类用鱼叉捅杀鲸，把它们拖到捕鲸船上，这股对人类的怜悯就荡然无存了。

一阵快速的摇摆，米兰达游上海岸，想到接下去的任务，顿时振奋。

***

向上走的这一路既漫长又痛苦。在她接近悬崖顶时，她得出结论，人类的腿中看不中用，谢天谢地，幸好她长的是鱼尾。她弯下腰，双手按摩双腿，上气不接下气。缓过神，她直起身，接着迈开步子向上走。她已经走了这么远，绝不能在此刻停下来。

“大姐，你快点。”戈尔迪大声叫道。

“闭嘴，臭鸟，等我喘过气，我一定把你尾巴上的毛扒光。”米兰达双眼注视前方的小径，头也不抬地说。感觉像是过了一世纪，她终于登上了悬崖。她身处荒草丛生的绝壁上，双手扶腰，大口大口喘着粗气。她终于缓过来了，不过，当她转身看见那座玻璃别墅时，她倒吸一口气。“天。”米兰达迅速拿手捂住嘴巴，“这房子太神奇了。”她情不自禁走上前，就像飞蛾扑火般。

近看贾斯汀·洛克希勒的房子比从海洋远处看更壮观。正午的阳关照耀在玻璃墙面上，反射出耀眼的光彩，似房子本身散发的生命力。像着迷似的，她一步步靠近这栋耀眼的建筑物。

“爱上洛克希勒的这幢玻璃怪物了？”

“是的，戈尔迪。它简直太华丽了。”

“那就再看仔细些吧，”鹦鹉边往前飞，边大声叫道，“洛克希勒这儿可是有很大一片泳池，你肯定喜欢。”

泳池？米兰达依依不舍地绕过房子，跟随萨默的鸟穿过庭院。庭院大片的草坪上点缀着平整的正方形大理石瓷砖。米兰达小心翼翼地踏上去，觉得这些大理石又硬又粗糙。她还是比较喜欢软软的草坪。

“开心得想摇尾巴了，是吧？”

是不是所有鹦鹉都这么烦人？米兰达边想，边朝戈尔迪声音传来的方向前进。一转弯，就看见戈尔迪停在一扇铁门上。

“这是什么？”

“泳池入口，去看看。”

她犹豫地说道：“我们是不是应该在洛克希勒先生回来之前，先去房子那儿侦查一下。”

“你先看一眼这个。”

米兰达考虑片刻，认为取悦这只蠢鸟比同它争论要合适。于是她走上前，穿过门。突然，她停住了。她身处一片争相开放的花海中，白色的，紫红的，交相辉映，四周散落着岩石景观。前方和左右方，三面均是一片碧绿，流水潺潺。前方那片水域，正对海洋，水域中的水不断冲下悬崖，看上去如同和海水交融。

“天啊，戈尔迪。”她轻声道，“你见过这么美的景色吗？”海水在这儿，像是升上来，铺开这片水域似的，“太美了。”

“是的，虽然这只是个泳池。但清澈，湛蓝，是个大手笔。”

泳池？不，这和她以前见过的泳池都不同。没有语言可以用以赞叹这片神奇的景观。米兰达跑上前，站在泳池边，不作二想，猛地一头扎进水里。一碰到水，她由衷地发出愉快的欢呼。她径直游到泳池的另一头，“好像和大海连在一起，对吧？”她双肘撑在泳池边缘，双脚欢快地踢水。待在水里才是天堂啊，“要是可以，我想在这儿待一辈子。”

戈尔迪也飞到边缘处站定，“说实话，不可能。这种泳池叫无边缘游泳池，不叫永生泳池。你已经待了 3 分钟了。”

米兰达眯上眼，感受太阳的温柔。这瞬间，她觉得世界如此美妙，但下一秒，她却眉头紧锁。

不是这样的。她是一条人鱼，现在拥有双腿，待在海平面 700 英尺以上的泳池里，为了什么呢？人类世界，还真是诱惑满满啊。她必须牢记此次务必完成的任务。

她游回刚下水的台阶处，走出水面。附近小桌上有一叠松软的毛巾。她好奇地盯着它们。之前，她见过游艇上的人类用毛巾擦干身体。虽然她认为人类立马擦干自己的想法很奇怪，不过，现在她在陆地上，应该试着学习人类的习惯。

她小心翼翼地拿起一条毛巾，抖开。如果她记得不错，人类应该是用毛巾擦皮肤的，于是，她将毛巾敷上皮肤。“哎呀，”她尖叫道，“好痛啊。”

突然，戈尔迪发出一声刺耳的尖叫。米兰达吓得把毛巾都丢到地上，“怎么了？”

“糟糕……有人来了。”

第三章

“啊，麻烦来了，”戈尔迪尖声叫道，“萨默来了，咱们美好的时光结束了。”

米兰达挑了挑眉，“我一直以为你和萨默关系很亲密。”她将头发捋到一侧肩前，拧干了多余的水分。

那只鹦鹉在折叠椅背上踱来踱去，“我们只能说这一整个关于救助鲸鱼的计划吓得她羽毛都竖起来了。她现在越来越不像当年那个可爱的孩子了。”

“在背后议论我呢，戈尔迪？”萨默，这个在米兰达的认知里一直是从 60 年代走来的少女，给了她一个拥抱以示欢迎，“哇哦，看看你啊孩子，我从未想过自己会这么说，但你确实是脖子以下全是腿啊。”

米兰达微笑着。她一直很喜欢她最好的朋友的这位母亲，尽管她知道切尔西因为她母亲是个人类，且脾气古怪，而懊恼她。“你好啊，萨默。”

“让我好好儿看看你。”萨默弯下腰来检查米兰达的新腿，“这是我女儿帮你弄的？”

“是我的话我不会这么说‘弄’这个字，”米兰达抗议道，“我觉得切尔西做得很棒。”她动了动腿，露出了脚踝，“我尤其喜欢这两侧的脚踝骨。你的也是这样的吗？”

萨默直起身来，摇了摇头。“亲爱的，我从 1984 年开始就没见过我的脚踝骨了。现在，让我在洛克希勒从办公室回来之前先把你安顿在这儿吧。”她盯着米兰达的比基尼评价道，“有些勒啊，是吧？”她冲着米兰达眨眨眼，“也许这是我女儿希望的吧。”

当她们朝着屋子走去时，萨默像机关枪一样地讲了一连串细节和说明。米兰达努力想集中注意力来听萨默的这些指导，可是从脚底传来的草地的触感实在是太迷人了，以致她只听了一半，直到她听到萨默说她要走了。

“把我留下？留在这儿？一个人？”米兰达将注视的目光从双脚移开。她埋怨自己刚刚怎么没好好听，“等等，萨默，你还不能走。还有很多事情我还不清楚，像是这儿会发生什么之类的。”

她们同时看向了屋子。

“我的第一个建议是：进屋，把我替你放在洗衣房的制服穿上。当贾斯汀·洛克希勒把车开进车库时，你应该让自己看起来专业且无可替代。”

米兰达挣扎着压下心头升起的那阵如潮汐般的恐惧。在海里的时候到底是什么让她觉得自己能胜任这份工作的？“你什么时候会回来？”

“几天后吧。”

“几天？”米兰达睁大了眼睛，“那要是我在你回来之前需要你怎么办呢？”

萨默指了指戈尔迪，“我会留下这几根会说话的羽毛陪你呢。”

“它能有什么用呢？”米兰达抗议道。

戈尔迪迈着摇摇晃晃的步伐，穿过草丛奔来，“噢，棒极了亲爱的，我们还没开始共事你就已经开始侮辱我了。”

“我很抱歉，戈尔迪，可是在这儿，我需要实实在在的帮助。”她转过身面对萨默，“你希望我依靠这只鸟儿，是认真的吗？”

萨默点点头。“是的，戈尔迪将会成为你的无价之宝。它知道怎么使用一台洗衣机。你会吗？”她停顿了一下，米兰达也没接话，他们都知道她连洗衣机怎么用都不知道，“只要跟着它的指导就好了。”

米兰达向那只鹦鹉投去怀疑的一瞥。

“我这么说吧，米兰达。对于人类世界，戈尔迪知道的远比你多。”

“但是如果被洛克希勒听到戈尔迪教我如何把银器擦亮，他会怎么想呢？”

萨默笑了，“这就是它的美妙之处了，你能听懂我们这位鸟类朋友的话而洛克希勒却不能。大部分人类只能识别与他们种属相近的生物的交流，所以，他所能听到的，只会是一串杂乱的噪音罢了。”

“反对！”戈尔迪气得竖起了羽毛。

“驳回。”萨默严厉地瞥了他一眼，然后温柔地将手放在了米兰达的肩上，“正如我所说的，只有你能听得懂戈尔迪的话。”她从她的长袍口袋中抽出一个信封，“要是洛克希勒问起这只鹦鹉的来历，你就直接说它是和这封信一起被信差送过来的，它就会成为由日本森本企业安排送来的礼物。日本人送礼的习俗可是广为人知，所以洛克希勒不会怀疑你的说法。”

米兰达咬着她的嘴唇。看上去萨默和她的人类朋友已经将一切都考虑周到了，“这虽然有些难以应付，但我一定会努力做到最好的。”

萨默同意地点点头，“这才是好姑娘嘛，米兰达。我知道这一切对你来说都很新奇和陌生，并且你对人类男子几乎一无所知，但我要说，你比我的海底救援协会分会中的任何一个女子，都更有可能去吸引住洛克希勒的注意力，你得相信我这话。”她一把揽过米兰达，推着她朝房子走去。

“他是个什么样的人呢？”

萨默思考了一会儿，“一丝不苟。”

“一丝不苟？”米兰达的大脑飞速转动，试图搞明白这个词的意思，却一无所获。

“另外，”萨默没有解释，而是接着说了下去，“协会觉得与我们相比，你能更好地理解森本企业计划中所蕴藏的任何信息。那是一片一望无际的海洋，而人类对它的认知却十分有限。”

这话说得确实是掏心掏肺，但是米兰达的心依然在胸膛中怦怦直跳，脚也发着颤。“想想那些鲸鱼吧。”她默默提醒着自己，“全力以赴拯救它们。我可以做到的，不论如何。”

转身离开前，萨默快速地捏了捏米兰达的肩膀，“戈尔迪的确有些烦人，但我向你保证，它会帮助你弄明白该做些什么。你只要跟着它的指导，并从洛克希勒那儿弄到些情报，用不了多久我们就会来接你回海底了。”在米兰达还没反应过来要拒绝的时候，萨默已经挥手告别，并消失在了篱笆周围。

米兰达转过身去，目光落在面前的门把手上，然后又望向身后的大海。她多么想什么也不做就这样一头扎回安全的海底啊，但那样太懦弱了。她和切尔西花了那么大的功夫去说服海底救援协会，使他们相信她确实能做一些有帮助的事。她伸手握向门把。现在是时候了，不成功，便成仁。

★★★

洛克希勒加大梅塞德斯的油门，冲上山顶，驶向他海边的住宅。尽管他的眼睛直直地看着道路，心里却一直想着刚才举行的那场会议，无暇顾及这一天中的美好时刻。夕阳西下，微风轻拂，以及那一阵阵海浪声令人心旷神怡。橙色和紫红色的叶子花肆无忌惮地爬上了邻居家已刷成白色的墙壁，包围了整间房子。但是贾斯汀只注意到了胃里传来的翻江倒海的恶心感。他已经竭尽所能，试图从森本企业的项目中抽身，却以失败告终。他要么接受，要么失业。有那么一瞬间他想过辞职，但随即无数的理由就冒了出来，将这个想法扼杀在了摇篮里。

当然，他可以选择接下森本企业的项目，这样就不用离开公司了。只是因为虽然他们的捕鱼船在海上一次得航行好几个月，但这并不意味着他必须踏进港口，如果真到要跨出那一步时，他保证自己会退出。他怕海。一想到它，他的胃都紧张得蜷缩了起来，简直怕得要命。

他将车停在大门前，伸手够了下遮阳板，输入了开门密码。

黑色的铁门“嗒”地一下向外弹了开来。正当他的脚刚刚踏上油门时，一辆喷着亮丽颜色的老式大众车突然出现，阻止了他的前行，并直直地冲向他。他立马发动倒车，退到一边，才险险躲过，而那辆大众则缓缓地开到了大门口，然后一个急刹车。

“你好啊，”一位女子的声音传来，“洛克希勒先生，我猜得没错吧？”

贾斯汀点点头。这位女士是谁？她为什么要拦下他的车？“有什么需要我帮助的吗？”

“我是来自人鱼清洁公司的，我叫萨默。”女子“砰”地一下打开她的面包车门，溜下了车。

当他下车和她打招呼时，他试图不去盯着她看。她整个儿就像是一个 60 年代的遗留物，突然出现在了他的生活中。银灰色的头发整齐地梳着中分，辫子一直垂过肩膀，扎染长袍一直拖到脚踝上方，刚刚露出她的编织皮凉鞋。她大步朝他的车走来，向他伸出手。

“我刚刚把你家的新女佣安置下来。”她说道，激动的口吻使这听上去像件好事。

“新女佣？”贾斯汀觉得自己听上去可能像个重复她的话的傻帽，但是他试图将两件事情联系起来，目前为止却还未理出任何头绪。“那原来的那个出了什么事吗？”他摇摇头，“我的意思是，莱昂斯太太她去哪儿了？”

“她正在前往拜访她在卡尔加里的侄女的路上。我给她送过行了。”萨默歪了歪头，“你忘记她请了几个礼拜的假了吗？”

他确实记得有这件事，但有些地方记不太清了。他记得他的管家曾经给他留过一张纸条，解释说今年她想出去度年假，而不是牺牲那个假期来换一笔补偿费。作为回复他也给她留了一张纸条批准了她的请求，并让她找一个人来完成她不在的期间需要干的活儿。这就是他们之间仅靠留在厨房流理台上的纸条而完成的一次和谐的交谈。他皱了皱眉，她有再留一张纸条说她要离开了吗？他记不起来了。

莱昂斯太太谨慎，低调，一尘不染，并且是一个好厨师。她可靠，安静，安心待在主屋旁的客房区。她洗衣、做饭，并绝对不侵犯他的生活。作为回报，他支付给她不错的薪水，在一些小事上不干预她的选择，毫无保留地信任她。但是现在，看上去这份信任得经受一次考验了。他只能选择相信他的管家是找了一位她自己的临时版本，在接下来的三周里来替代自己。

他将目光重新转回这个穿着扎染衣服的女人身上。“我想我大概是忘了吧。”他抬头看了眼车，“那么，我们现在是都安排好了吗？”

“差不多吧。”

“差不多是什么意思……”

“嗯，其实还有一件小事。莱昂斯太太告诉我客房里还有一些管道施工的活儿没干完。所以这周的某一天她安排了一个管道工过来。她还担心米兰达在这儿住得不舒服，所以在主屋里给她安排了一间房间。”

最后一句话使他猝不及防，他觉得自己一定是听错了，“我的屋子？”

“是啊，没错，我们当然不能让米兰达在柏树下睡觉啊，你说呢？”

这听起来倒像个不错的主意，不过他忍住了没有说出来。如果这个米兰达是个和莱昂斯太太一般年纪的人的话，她一定毫无疑问地会更喜欢客房里轻盈的床褥。“我并不认为这样合适——”

“这当然合适。”她打断他，“我十分确信你会对我们的服务感到满意。在我们人鱼服务公司，这些员工都使我们引以为豪。”

贾斯汀无助地望着她坐进那辆大众面包车，渐行渐远。人鱼公司？一个做清洁的公司叫这种名字是什么意思？他坐回到车里，摔上车门，他的不满程度已经达到历史新高了。在和那个女人谈话期间，打开的大门又已经关上了，他不得不再输一次密码。不耐烦地，他用手指敲打着方向盘。

工作上，他深陷那个捕鲸项目的泥潭。而现在，就连他一贯井井有条的家居生活，看上去也要被一个住进他家的陌生、奇怪的老女人给搅乱了。他呻吟着，这日子变得陌生到不能再陌生了。

★★★

“哦，戈尔迪，这真是太恶心了，这么多扇贝。”米兰达从一只银色、泛着冷光大钢盒里拎出一只包装塑料袋，把它扔进了垃圾桶，“我看不下去了。恶心，这就像我一下变成了一个殡仪员一样。”

她拿出了另一只虾的包装袋，把它和其他的袋子一起扔进了垃圾桶。按照戈尔迪的建议，她要从那个他称之为冷冻柜的箱子里找一些东西出来准备今天的晚饭。到目前为止，她已经挖出了蟹腿、龙虾尾和大量的虾。她接着在里面翻了翻，扒拉出了一个白色纸质包装的小包。野生阿拉斯加三文鱼。她的胃一阵翻江倒海，一把将它扔进了垃圾桶。“尽是些杀戮所得，太令人心碎了。我今天不能再看这些东西了。”

戈尔迪蹲在吧台椅的横档上，“煮饭是你分内的事，人脸鱼。所以你最好做点东西出来。”

米兰达转过身子冲它说道：“再叫我人脸鱼，我保证我今晚能做些家禽料理出来。”

戈尔迪嘎嘎大叫，“知道啦，海底的人脸鱼。”它摇头晃脑道，“但是你必须得捣鼓些东西出来去喂那位肉食动物。”

“这我待会儿再担心。”米兰达把垃圾桶翻转过来倒出垃圾，并系紧了塑料垃圾袋，“这个我扔哪儿？”

“你难道不觉得你应该先换下衣服吗？”

米兰达看了眼自己的比基尼，“为什么？”

“女佣们是不会穿着她们的泳装在屋里走动的，亲爱的。”

“哦，天哪，我没到想过这一点。”她把垃圾放回水池下并洗了洗手，在一块小干毛巾上擦干水，然后斜靠在冰冷的花岗岩柜台上，“那我该穿些什么呢，你有什么建议吗？”

“萨默在你的房间里留了一套有些暴露的法国女仆装。她在一家服装店里买来的——”

“以上帝的名义，这儿到底发生了什么？”一个浑厚有力的声音盖过了戈尔迪的嘎嘎声。

米兰达一个急转身。只见一名男子正站在厨房入口处。米兰达看了他一眼，他穿着深灰色的裤子，着一件白色长袖衬衫，脖子上围着一条红色的条状织物，一只手里拎着一只文件包，另一只手里握着一把形状有趣的金属棍儿，深褐色的头发衬得他的眼睛越发迷人。

米兰达十分喜欢眼前的景象。她不知道人类的女孩儿会怎样形容他，不过她觉得他很性感。她露出笑容，“你好啊，请问你是？”

他盯着她，“我是谁？”他重复了一遍，就像这是他希望在这个地球上听到的最后一个问题。

“哦，这个人，是个天才呀！”戈尔迪插话道，“问出这句话，这脑袋瓜该有多聪明啊！”

这个男人陷入困惑的状态被这阵鹦鹉的叫声打破了。他先看了眼这只鸟，再是米兰达，他的目光扫过她穿着比基尼的身体，与她对视。

当她和那个男人对视的时候，她感到仿佛有一股电流穿过她的身体。这股有趣的感觉一直传到她的脚趾，她不禁扭动了一下它们。以前她看到人类男子时，从未有过这种感觉。

“哦，所以现在就是这样了是吗？”戈尔迪打破了这一沉寂。“真是的，我不敢相信我竟然应承下这样一门子事儿来。”

男人将他的目光重又移回到这只鹦鹉身上，看上去像是第一次见到这只生物，“那是什么？”

“那是戈尔迪。”

“戈尔迪？”

“然后我叫米兰达，是你的新女佣。”她走上前，伸出手，这一切就像是戈尔迪预先教过她一样。她想要给他留个良好的第一印象，表现得尽可能的专业，“欢迎回家。”

第四章

欢迎回家？贾斯汀环顾厨房。看上去是他的家。他认得那套黑橡木制成的橱柜，还有他亲自挂上墙的画。花岗岩料理台、不锈钢厨具也都是他亲自挑选的。但他的家是有序、安静而整洁的，现在这个厨房完全像灾难片现场。原本应该在冰箱和食品储藏柜里的东西凌乱地堆放在柜台上。还有，他闻到什么了？空气中弥漫着一股海鲜腥味儿，但烤箱和炉上明显没有正在烹饪的痕迹。

他的目光最终落到厨房中央的身影上，闪亮的红发，洁白的比基尼。是新女佣？她刚是这样说的吗？他刚想张嘴说点什么，就被一阵尖叫打断。他迅速转头。看见一只蓝金羽毛的鸟停在一张黑色的厨房椅上。贾斯汀目不转睛地盯着这只鸟，似乎想确认一下它是真的存在，还是仅仅是自己幻想出来的。

他指着戈尔迪发问："这是什么？我的意思是，我知道这是什么，但它为什么会在这儿？谁告诉你能带宠物进来的？是那个嬉皮士女人，叫萨默还是什么的？"

"到我回答吗？"

贾斯汀点头同意。米兰达的嗓音既温柔又镇定，与刚刚他的口气截然不同。所以是得有礼貌的让她说几句，"你说。"

她笑道："谢谢。这只鸟的名字叫戈尔迪。它不是我的鸟，它是你的。"她环顾四周，像是在找什么东西，"它是今天运到的。还有封信。我刚随手一放，不记得放哪儿了。"

"谁会给我寄只鸟？我不要鸟，特别是这么闹的。"当那只鹦鹉再次发出一声高音调尖叫时，贾斯汀往回缩了缩，"你记得是谁寄过来的吗？打个电话，寄回去。"

他的新女佣摇摇头："不行。不对，我的意思是，你最好别。戈尔迪是森本总部送上的礼物。我认为当下在有业务来往时，你拒绝他们的好意是不明智的。"

贾斯汀把公文包甩在柜台上，"当下业务往来……你怎么知道我的工作？"他想了片刻，"你又是怎么知道这只鸟叫戈尔迪？"

"它告诉我的呀。"

"它告诉你的？"贾斯汀把钥匙也甩在台面上，双手交叉抱胸，“这只鸟告诉你它的名字叫戈尔迪？”

米兰达脸上露出小小的奸笑：“当然不是啦，其实是送货员说的。”

“鸟笼呢？”贾斯汀问道。现在这个屋子里，他最想清理的就是这只鸟。

他看见米兰达瞅了几眼鹦鹉，就像是她在等待鹦鹉的回答一样。不可能，这想法太疯狂了。他用掌心揉了揉眼睛。这只鸟必须关外面，他必须控制住场面，最关键的是，他的新女佣必须得穿点像样的衣服。她身上那套比基尼特别紧身，穿着很显身材。并不是说她穿着不好看，相反，她穿这身相当漂亮。但如果贾斯汀想对着她理性思考的话，那么她应该多穿点布料。至少再遮点。

“你还好吗？”她问道。

“我很好。”贾斯汀撒了谎，其实他感觉很糟糕。他想来点儿啤酒压压惊，希望这一切都不是真的，但不可能，“你能先换套衣服吗？”

“当然，我去找找有什么能穿的。”她回答道。

路过贾斯汀时，他侧身让开。他看着她走过走廊。不过她走路的样子似乎在哪见过。她蹒跚着，还靠墙扶着前进的样子令他豁然开朗。这个新女佣不就是早上在海边的那位女士。一定就是。毕竟，红头发，白泳装，虽走路笨拙但曼妙的身姿这世上能有几个呢？那么问题来了，她之前在海边做什么？

★★★

米兰达回厨房时，贾斯汀正好打开一听啤酒的易拉环。他很庆幸没来得及喝一口，不然，这会儿看到的一定让他喷啤酒。米兰达穿的什么，或者说，这欲遮还羞的服装到底是什么？

只一眼，他的目光就锁住了。米兰达换下了比基尼，但换上的是一条极难想象的迷你裙。裙子极短，圆领开得极低，而当她把一头红发拨向一侧时，就能看到她全裸的后背，她并没有拉上拉链。

她转头越过肩头看了他一眼，“能麻烦你一下吗？我好像拉不上。”

贾斯汀慢慢地把啤酒放到台子上，“你的拉链卡住了？”他的嗓音明显不稳，“你从哪找的衣服？”

“卡住了吗？我不知道啊，你能帮忙看看吗？”她满怀期许地问道，“难道别的女佣不是这么穿的吗？”

之前莱昂斯太太的形象突然闪现于脑海，两人可谓大相径庭。太太总是穿着宽大的羊毛纱，涤纶裤，低高跟。“不太一样。”

米兰达站着一动不动，似乎就在等着贾斯汀帮她拉拉链，所以他走上前，将裙子上的拉链拉上。当他不小心触碰到米兰达的肌肤时，他的内心剧烈波动，所以当米兰达离开时，他长舒一口气。不过，随后米兰达随意将头发拨到一侧，动作优美而充满诱惑，贾斯汀差点破功。她来这儿真的是来工作的吗?

“听着，呃——”他突然意识到他不知道女佣的全名，“你的老板没告诉我你的全名，你叫什么？”

听到这个问题，她盯着他看了许久，就好像他说的不是英语，而是晦涩的斯瓦希里语。“德拉普拉亚。”她带着不确定的语气慢吞吞地说。

“好吧，德拉普拉达小姐，”

“说到工作，”她打断他，“我决定给你找点儿点心吃。”她走过他，打开食品储藏柜的门，“你可以去工作了，我会拿过去给你的。”

贾斯汀面露质疑，“好吧，早会开始前，我是有点儿事要准备。”说实话，他还没有打算解雇米兰达，至少今天不会。

其实，现在打电话给那个美人鱼保洁公司的女士，要求她换个女佣过来，要好得多。算了，他抓起公文包，转身离开，但马上想到鹦鹉的事，“这只鸟怎么办？”

米兰达从储藏室的门后探出头，笑容灿烂地说：“戈尔迪？它在外面啊。不过你说得对，我会给它拿吃的。”

★★★

米兰达一直待在门后，直到确定贾斯汀离开了才出来，随后急忙打开通往露天加盖餐厅的法式大门。她心急如焚地环顾四周找鹦鹉，“戈尔迪？快点出来，我需要你的帮忙，你在哪？”她不时地回头看看贾斯汀是否出现在厨房，“快点儿，戈尔迪，形势紧张，赶紧进来啊。”

“请，亲爱的，你得说请。”

米兰达听到后立马左转。声音是从柠檬树上传来的。她走上前，透过枝丫搜寻鹦鹉的身影。绿叶黄果间，她发现一撮蓝色的羽毛。“拜托，戈尔迪，拜托了。请过来帮帮我吧。”

戈尔迪用喙勾住脚下的树枝，回身一翻，翻到下一枝丫上，就这样一圈一圈，最后双腿一蹬，跳到草地上，“先准备我的晚餐吧。我要吃切片或切块的水果拼盘。”

米兰达一路跟随，“先别说你的行吗？你先告诉我，贾斯汀吃点什么？”

戈尔迪嗤笑一声：“呵，就他看你穿比基尼的眼神，我保证，你就把自己端上去，他绝对欣然接受。”

“拜托，戈尔迪，说点实在的。”她用手抓住门把，“还有，在这儿，请保持安静。别给我找麻烦。”

好吧，她现在就有大麻烦了。她决定先把柜台上的食物整理一遍。但是，这些来自储藏间和冰箱的食物，大多数她都不认识。完全不懂怎么搭配。但绿色的橄榄配上红色的甜椒倒是又营养又漂亮。然后铺上白色蓬松块状的棉花糖衬托，最后，摆上刚刚摘下来的柠檬。“搞定，看上去不错吧？”

戈尔迪简直不忍直视：“人类的口味其实会挺奇怪的，会和咱们有所不同。”

米兰达点头赞同，“人类的腿也挺奇怪的。现在我的双腿没事儿，但刚刚贾斯汀在厨房的时候，我膝盖都软了。现在他走了，腿又正常了。”她端起食盘，走过拱门，朝贾斯汀的方向走去。

她开了第四扇门，才找到贾斯汀。她走进光线昏暗的房间：“你饿了吧……”突然声音戛然而止，她紧紧盯着卧室的墙。上面有一条鲸鱼。

“天！”米兰达把食盘丢到贾斯汀面前的桌上。走近墙，眼神着迷。墙上有一个扁形的大盒子，里面有一条巨大的座头鲸，在湛蓝的水里缓缓游行。这是什么？她试图把手伸出去探索，但她所触之处是坚硬干燥的表面。好神奇啊。她转过身疑惑地看向贾斯汀。

但贾斯汀却是盯着自己的食盘看。

“这是什么？”他低声问道，米兰达都能从他的语气里听出不爽。

“你的晚餐啊。”米兰达触碰那片平整光滑的表面，就在刚才，里面还有鲸鱼游动。这块表面能反射出人影，跟着她一起，轻声地再次询问："这是什么？"

贾斯汀将目光从食盘转向米兰达。有一种她无法解释的感觉窜过她的全身。她又一次指着大盒子问道："这条鲸鱼是从哪儿来的？"

贾斯汀举起一个柠檬，"柑橘类，西班牙橄榄？"又拿起一块白色的棉花糖，凝视一眼，"这就是你所谓的晚餐？"

米兰达根本不知道什么才叫"膳食"，不过，她也不关心。她拣起沙发上的抱枕扔到一旁，抱枕滚落到他的身侧。她把盘里的柠檬丢在桌上，说："你要是不喜欢，我再给你换一些呗，很快的。"她又一次指着墙壁，"不过，你先告诉我，你刚刚在看什么？"

其实她真正想问的是他是如何让盒子显现出鲸鱼的图像的，但她知道，这样问，就会打草惊蛇。她一直在了解人类闲暇之余都做什么。在她还没有双腿之前，她曾和切尔西花大量的时间研究人类世界。当时天真的她还以为自己上岸后，绝对畅通无阻，但现在她才意识到自己错得有多离谱。

"洛克希勒先生？"她举手在他眼前晃了晃，"你刚刚看的是你的工作吗？"

贾斯汀抬头，面露困惑。他的视线从米兰达转向鲸鱼图，又转回米兰达身上，说道："我的新客户从事捕鲸项目，所以在明天集体讨论会前，我得看点相关资料。”

米兰达赞同地点头应和。她得鼓励他继续往下说，而不是回到晚餐的话题上：“讨论什么？”

他手指屏幕上的鲸鱼，说道：“鲸鱼。很明显，这个日本企业每年捕捞少量鲸鱼，已引起他人强烈抗议。”

每年？少量鲸鱼？米兰达轻咬嘴唇。她小心谨慎地引导对话的进行。这会儿可不能反驳，“所以，你的公司打算让这样的捕鲸变得……合理化？”她小心地斟酌用词，尤其是最后的“合理化”，不过，这听上去还可以。

贾斯汀面朝她，说道：“就是这样。就是合理化。我们需要找到说服反对者的方法，捋顺他们的逆鳞，让他们接受捕鲸的观念。我的意思是，毕竟对少数人而言，捕鲸是一种不被接受的行为，对吧？”

米兰达强迫自己点头同意：“所以你需要找个方法去反驳这些少数人群的反对，那么社会大众就能将他们定义为环保激进派，这样就能赢得多数人的支持。”

贾斯汀对她露出赞赏的微笑。时不时地，面对贾斯汀眨眼及他又黑又密的睫毛时，米兰达都会不自觉地分心。但她的余光中，鲸鱼安静地畅游在海水中。她的心就像被揪住般。这个可怜的庞然大物就是人类的目标啊。“这个任务还真不简单。你打算怎么做？”

贾斯汀的眼中精光一闪，神情严肃：“是不简单。”

米兰达尽量表现出认同和好奇：“告诉我你打算怎么做。”

贾斯汀落座回沙发上，抬手遮眼。只发出一声叹息。

“你看上去难以抉择啊。”米兰达说。她尽量保持温柔低沉的声音，还试图伸出手触碰贾斯汀，以表示她的同情及认同。不，太快了。她斟酌用词，迟疑地问道：“需要帮你点儿什么吗？”

他放下手臂，转头看她，“不用。嗯，也可以。我的团队很棒，但我必须做先锋。一旦计划实施，我会得到很多帮助，但前提是我必须有足够的领导能力。”

“领导能力。”她重复道。他到底在说什么呀？但就他现在可怜兮兮的动作，不难看出他应该是被迫的，“你对鲸或海洋生物了解透彻吗？”

他不住摇头，道：“不熟，而且我也不打算了解。我讨厌水。”

“你讨厌水。”这男的疯了吧，这么帅，却是个疯子。“你这样的话，这个任务就难上加难了啊。我觉得，你是不是应该试着坐船出海几趟，感受一下？”米兰达发誓，在她说话之后，贾斯汀瞬间脸色苍白，“你知道你要做什么吗？”

“换个工作？”

“不，这个工作你能做。我猜你之前肯定碰到过更难的项目，是吧？”没等他回答，她就继续说道，“你需要的是一个特殊的项目助理。一个熟悉海洋生物的人，一个不讨厌海水的人，一个能在海洋问题上给你指导性意见的人。就是这样。”

贾斯汀直起身，目光落在她的脸上，专注而认真，“那我要去哪儿找这么一个人呢？”

米兰达嫣然一笑，鱼儿要上钩了，“我就可以啊！”

“你？”

她点头承认，“我在学校专门学的海洋学。”她记不清切尔西之前和她说过的那个名词了。专业？还是辅修来着？不管了，她等会去问问戈尔迪就行，“我这一辈子可都是在海边生活的。所以，我相信，凭你的商业头脑，加上我丰富的海洋知识，我绝对能在项目里帮上忙，你觉得呢？”

说完，她故作镇定地一动不动，接受贾斯汀长时间的审视。

“你为什么毛遂自荐？”片刻后，他这样问道。

对于米兰达的这一提议，他其实存有怀疑。米兰达脑中快速搜索各种站得住脚的理由。最终，桌上的柠檬给了她提示。哈哈，绝美！她面向贾斯汀，说道：“哦，其实，有件事我必须和你说。我不怎么会做饭。”

“不怎么会？”贾斯汀浓眉一挑。

“好吧，完全不会。”她耸耸肩，为此感到些许抱歉，“但我会打扫房间。我实在不想被炒鱿鱼。我真的很需要这份工作。”

贾斯汀点点头表示理解，“你的提议是，你可以帮我完成森本企业的项目，作为回报，我这个月都得靠外卖，而且不能开除你？”

“我听着还不错。”米兰达接上，虽然她也没懂什么是外卖。

“我也这么认为。”他灿烂一笑，脸颊生辉，“赶紧叫个比萨，就这么决定了。”说完，看一眼米兰达之前端进来的食盘，鄙视道：“你不会真的认为我能咽下这些东西吧？不可理喻。那个，我不是有意冒犯的。”

“没事，洛克希勒先生。”

“贾斯汀。”他站起身，伸出手，“叫我贾斯汀吧。”

米兰达在他的帮助下，站起身。拿走带有柠檬的食盘时，米兰达尽可能维持面部自然的笑容，“那我先把这盘食物处理掉。”说着，急忙走出房间。当她站在走廊上时，她终于忍不住咧嘴大笑。

上钩了！尽在掌握中！

第五章

“醒醒，你这个懒散的两腿海洋生物。”

米兰达翻了个身，呻吟着，往声音大致传来的方向拍了一记，“走开。”

“没门。很显然，我必须比一开始料想的更加紧密地盯着你。”这只鹦鹉找了个床单的一角，开始向后拖。

米兰达挣扎着坐了起来，一把抓住床单。“把它给我。”她屈起双腿环在胸前，“我怎么了？”

戈尔迪把头侧向一边，“如果你不嫌麻烦去数数昨晚你吞了多少块比萨的话，你就能知道你怎么了。现在，给我起来。你还有工作要做。”

这只鸟说得没错。虽然令人不爽，但却是对的。米兰达将脚架在床沿上，让它们晃荡一会儿，她见过很多人这么做。如果造成她现在迟缓疲软的罪魁祸首是昨晚的那些比萨的话，她觉得以后该小心控制进食的数量了。一晚上不能超过八块，这是她给自己定的新规矩。

她觉得整个身体都很干燥，皮肤也紧绷着，真怕它们下一秒就裂开。好好地泡个澡正是她现在最需要的东西。想着切尔西给她解释过人类是怎么洗澡的，她开始找起了浴缸。在贾斯汀的主卧，她找到了一只巨大的下沉式浴缸。她不停地拨弄着水龙头，直到出来的水开始变得温热，接着随意地撒了些从厨房拿来的盐进去。然后，她哧溜一下滑了进去。啊，完美。

她将头枕在一块卷好的毛巾上，在这个有限的空间里尽可能地舒展自己的双腿。这感觉完全就像是回到了海里一样。放松感席卷了她的全身，她慢慢阖上了双眼，回想起了昨天夜晚的事。

那些好吃到惊艳的比萨被盛在一些棕色的正方形盒子里，直接送到门口。贾斯汀建议他们坐到外面吃，她觉得这提议真是再好不过。微风从海面拂来，阵阵海浪拍击的声音听着令人不由得舒缓下来。一个晚上飞也似的就过去了，大部分时间他们都在谈论不同品种的鲸鱼。在这个话题上，她惊讶于贾斯汀表现出来的无知。而同样地，他也惊奇于她对海洋生物的了如指掌。

贾斯汀不仅帅气，交谈起来还很平易近人，这一发现使她猝不及防。在她讲的时候，他专心致志地听着，并在一沓黄色的纸上做着笔记。如果那晚最后他那个感激的微笑是在暗示些什么的话，她想，他应该是和她一样，对这个新安排感到满意吧。

“嘿，两脚动物，你在这儿像个学走路的小孩子一样，玩水玩够了以后，我们能不能行动起来啦？”戈尔迪跳上毛巾架，俯视着她。

米兰达坐了起来：“你知道吗？戈尔迪，在坏人好事这一方面你真的是个高手。”

“嗯，是啊，不过你也算是个睁眼瞎里的高手了，宝贝。”

她皱了皱眉：“睁眼瞎？有什么东西很显眼的吗？”

“有啊，就和那个漂亮男孩给你留的字条一样显眼。”

“他给我留了个字条？等等，你已经看过了？”

这只鹦鹉大叫着嚷嚷起来：“没错，我看了。这事儿我们都有份，我为什么不能看？”

“转过去。”米兰达够到了一块毛巾，踏出浴缸，擦干了自己，“我不是说不让你看，我是惊讶你能看得懂。”她一边穿上女佣的制服，一边说道。当拉链拉到一半时，她停了下来。一时鸦雀无声。“怎么了？怎么不回嘴了？”

戈尔迪端坐着，一动不动，“我有些被你话里带的讽刺伤到了。”

“讽刺？”米兰达拿起萨默给的梳子，开始打理起了头发。她朝那只鹦鹉投去了一瞥：“你在说些什么？”

“你看不起人类，因为他们觉得鲸鱼只是些没脑子没感情的胖乎乎的大家伙。然后你转过来看着我，只因为我浑身长着羽毛，就觉得我脑子也全塞着羽毛啊。这真是令人悲伤的脑回路。”

米兰达停下了梳头的动作，戈尔迪的话有些触动了她。他说得没错，是她不对。“对不起，戈尔迪，我很高兴你指出了我这一点。”她走过去，温柔地摸了摸它的头，“原谅我，嗯？”

鹦鹉点了点头：“那你得给我做早饭。我想吃芒果。现在。”

米兰达咧着嘴，笑容可掬。“那就吃芒果。来吧。”她伸出手，戈尔迪跳了上去，“那我们就开工吧。”

确实开工了。在准备好戈尔迪的早饭后，米兰达的第一件工作，就是收拾厨房。戈尔迪站在芒果之间，指导她如何做好清洁工作。她手脚十分麻利，因为那些腐臭的海鲜味让她作呕。在她一把拉出垃圾袋之后，她把那只垃圾桶也抹了一遍，然后尽可能地将一切恢复到与昨晚相同，但她知道其实大部分东西都没被摆到正确的位置。

“你觉着贾斯汀会看出来吗？”她问了问戈尔迪。

“哈，他现在正为那个森本企业的事儿发愁呢，根本不会在意这些。他今早急急忙忙地就出去了，来都没来过这儿。”

米兰达环顾四周，“贾斯汀留的纸条儿呢？”

“跟我来。”

米兰达被她所要做的那些事的长度和广度震惊了。他的管家一般都要在一天之内把这些干完吗？她摇了摇头：“戈尔迪，这是个玩笑吧？”

“就算是个玩笑，也是你去干。”

她低头看着那张家务单。“我不可能干完这么多事。”她一屁股坐在楼梯上，拽着栏杆。

戈尔迪挣扎到她身边，“你之前以为这儿是什么，度假胜地？”

米兰达低头看着它，“但我也想不到这儿会是个劳动营啊。”她又低头确认了一边清单，“我今天只会做这其中的一件事，剩下的可以等以后再说。我需要一些时间来计划一下怎样让贾斯汀放弃他的鲸鱼宣传活动。”

“所以那件事是什么呢？”

“洗衣服。”她站了起来，向楼上走去。

“等等，你走错方向了。”戈尔迪在身后叫道。

“胡说，我需要我的比基尼。”米兰达转过头，“如果是洗衣服的话，我肯定会被弄湿的，不是吗？”

★★★

贾斯汀刚把车开进车库，手机就响了。他看了眼来电显示，是他的助理。他极其想忽略这个来电，但是格伦娜没别的什么优点，就是耐力好。他走下车，拿上了他回家途中打包的中餐，按下了他的蓝牙耳机："嘿格伦娜，已经想念我了吗？"

"不比往常多一分。"她嘲讽道，"但有件事你走之前我忘了告诉你了。"

"这不像你啊。"贾斯汀穿过厨房进入房子，将装着晚饭的包滑放到柜台上。

"好吧，被你发现了，我没忘记，但确实有些事我不想亲口告诉你。"

他挑了挑眉，"坏事，嗯？"

"对于一个寻常人来说，算不上是。但我觉得对你来说，它可能会是个灾难。"

"说说看。"他迅速地检查了几个房间，却连米兰达的影子都没看见，更别提听到那只疯鸟的叫声了。

"森本健治的私人助理打电话过来邀请您参加他周六晚上举办的私人派对，另一位客人也会出席。"格伦娜飞速地说着，"这是个正式的晚会，你需要一个女伴，也许还有一两针镇静剂，如果你知道它在哪儿举行的话。"

他呻吟着：“请告诉我它不是在一架私人游艇上。”

“不是。但看上去森本企业为了那个夜晚把海洋世界都借出来了。”

“海洋世界？请告诉我你在开玩笑。”海洋世界是一座大型室外水族公园，自从五年级的实地考察旅行之后，他就一直避免去那个地方。他曾在全班穿过观看鲨鱼的玻璃管道时突发荨麻疹，在所有同学面前丢了大脸，“我们不能找另一个人代我去吗？”

“没办法，老板，你必须得代表我们公司出席，其他任何人去都不合适。”格伦娜的声音充满着同情，但同时也很坚定，“现在，我们去哪儿给你找个女伴呢？离派对开始只有五天了。”

贾斯汀刚想开口就被一串震耳欲聋的尖叫声打断了。他揉了揉耳朵。先是那只鸟，再是海洋世界？他早晚死在这件事儿上。“你不必把这件事情说得像是比登天还难一样，格伦娜。”等那只鸟安静下来后他接着说道，“我心里已经有一个合适的人选了。”

挂断电话后，贾斯汀立刻开始四下搜寻米兰达的身影。他不仅没在屋子里找到她，也没看出她完成了单子上列的哪件事。她能去哪儿？当他听见那只鹦鹉大叫大嚷时，他想到了答案。他小跑下楼梯，穿过阳台门走出厨房，转过弯，朝泳池房走去。当他看见自己的一条健身短裤被挂在金凤花灌木丛上时，猛地一下停住了脚步。

他慢慢转过身子，不禁睁大了眼。挂在泳池水泵上的那条不是他的加州圣地亚哥T恤吗？他床单的两个角被系在两颗棕榈树上，在微风的吹拂中微微颤动，看上去如同船上的风帆一般。抵得上她一周薪水的袜子就这样一路散落在石板路上。这一切看上去像是洗衣机爆炸了，衣服溅了他一整个院子。

这到底发生了什么？米兰达又在哪儿？他的目光落在了花园浇花的软管上，它被拖着绕过了泳池房的转角，他沿着它走，直到来到泳池入口时，停下了脚步。谜题解开了。他找到了他的女佣。她斜靠在一张懒人椅上，悠悠地漂在他的泳池中央。贾斯汀靠在泳池篱笆上，望着她。

她正穿着昨天那身白色比基尼，金红色的头发垂落到肩边，她看着什么都像，像好莱坞的新星，就是不像个女佣。

“你好啊，米兰达。”他走上台阶，在一张扶手椅上坐了下来。

“贾斯汀，原来你在这儿啊。”她露出一个大大的笑容，“我还在盼望你能快点儿回来呢。”

见到他她似乎很开心，他惊讶于自己竟然被这一点取悦了。他早已习惯了回到空无一人的家，现在有人欢迎他回家的感觉还真不错，“玩得开心吗？”

米兰达点点头，将双手举过头顶并拱起了身子，让一条腿垂在懒人椅的边缘荡悠。他情不自禁地被吸引了目光。她的一举一动都是那么的完美，天真无邪中又掺着一丝性感撩人。

“非常，非常尽兴。你来吗？”

他摇摇头，“我不会游。”

她溢于言表的震惊之情是出乎他意料的，她的表情就像听见他说的是他不用呼吸一样。

她滑下漂浮着的躺椅，优雅地游至泳池边，靠近他：“真的吗？为什么不会呢？”

他耸了耸肩。“我只是没学过。”他不喜欢她脸上的那股遗憾之情，是时候换个话题了，“我看见你今天洗了些衣服。”

她点点头。“是的。”然后她露出了一个微笑，却没有解释为什么他的衣服会那样散落在庭院里。

没关系，他来问，“为什么我的衣服会在外面？”

她歪歪脑袋：“我在屋子里没看见水管啊。”

“水管？”他环顾四周。这是一个恶作剧？这里有藏摄像机吗？但他们确实是独处，四周什么也没有，除非算上那只正在草坪上蹦跶的蓝金色鹦鹉，“你用水管洗衣服？”

电光火石之间，米兰达优雅地从水中起身，站到了他面前，身上还湿淋淋地滴着水，“那我该用什么？”

贾斯汀站起身。“我不知道。洗衣机？”他从椅边的小桌上抓过一条毛巾，“喏。”

她向下瞥了一眼他递来的毛巾，没有接。“擦干倒不至于。”她将头发捋到一侧肩前，开始拧水，“你有带些食物回来当晚饭吗？”

她声音中透露出的急切取悦了他。他有些丧失理智了，他应该生气的。不能这样，赶紧生气。他的房子被搞得一团糟，他的衣服被扔得满院子都是，他的女佣像个贵客一样。但是米兰达身上有些东西取悦了他。她很真实，真诚，诚实。他从未见过像她这样的女子。

“贾斯汀。”她走过来，伸手挽住了他，“你没事吧？”

他点点头，是时候选择一个中性的话题了，“你喜欢中国菜吗？”

她耸耸肩：“我不知道，不如我们去试试看吧。”

结果是她很喜欢，甚至是喜爱，从她先狼吞虎咽干掉了炒饭，然后是蔬菜炒蛋，最后是芝麻鸡就能看出来。

“哇哦，这几乎和那个比萨一样好吃。”她一边将她的盘子推到旁边，一边说道，“现在，关于你昨晚提到的那个广告活动，我想到了一些办法。你想听听吗？”

她的提议让他把关于洗衣服的那些破事儿全都抛到了脑后。他坐回到椅子里，“说说看，我听着呢。”然后，他就听到了一个接一个的好主意。为什么他的团队没一个能想出这样的办法？还有，米兰达明明有着能想出这么多好点子的才华，为什么要来做家政这种明显大材小用的工作？他问出了口，但是看上去这个问题使她猝不及防。

“我想我以前从来没有想过这件事，我只是想试试吧。”

“所以你之前从没做过女佣？”他会惊讶一点儿也不奇怪。老实讲，她简直是个家务杀手。

“没，从没做过。”她承认。她微微靠向他，像是在坦白一个她不想被别人听到的事实，“我也不觉得我喜欢这个工作，实在是太累了。”

贾斯汀没有追问如果她没做过这些事她是怎么知道的。他最后想做的一件事是疏远她。他不知道这个女人是怎么出现在他的家里的，但他知道他想她留下来，至少在他完成森本项目期间。基于她在饭桌上向他提供的那些点子，很明显，她会是他的最后一张王牌。

而且如果她在他身边很棒很风趣的话，只会使这件事情锦上添花。

“米兰达，森本企业周六晚上会在海洋世界举办一个派对。你想和我一起出席吗？”

她向旁边歪了歪头，若有所思地打量着他，“森本先生也会去海洋世界？”

他点点头，“是的，并且我希望你也去。我想你和我一起出席。”

一瞬间她露出了他从未见过的严肃神情。她点点头：“贾斯汀，你不用问两遍，我很高兴能和你的那位森本先生谈上两句。”

“太棒了。”贾斯汀开怀地笑着，“那就这么约好了。我的意思是，如果你不介意我这么说的话。”他突然笨拙得像个高中时期和班上最漂亮的女孩儿搭话的男孩儿，“我不是说我和你约会，嗯，你知道的。”

“我知道你的意思。”米兰达收拾起他们的盘子，把它们放到水池里，“我想做你的女伴，我还从没有试过呢。”

难以置信，贾斯汀将椅子转了过来，“你从来没有约会过？不可能吧！”

“没有，真没有，更别说像和你这么英俊的人了。”

贾斯汀莫名地觉得很愉悦。她觉得他很英俊？他又笑了。看上去，他停不下来了。突然莱昂斯太太的样子浮现在他的脑海中，他希望她现在正在享受一个非常美好的假期，并不急着回来工作。

“那么我该穿什么呢？”米兰达的声音打破了他的思绪。“这个？”她用手指了指她的比基尼。“还是我的制服？”

“格伦娜说那是个正式的场合。”

“正式？”她迷惑的表情就像是以前从未听过这个词一样，

“所以我该穿什么呢？”

他耸耸肩，“你在你的衣柜里挑一件嘛。”

“我的衣柜里什么也没有啊。”

在他终于反应过来她的意思后，他盯着她：“等等，你除了泳装和制服以外没有别的衣服？”她一定是在开玩笑吧。他从没听过哪个女人只有两套衣服的，“你没有裙子？”

米兰达摇摇头：“对不起。”

不是第一次了，贾斯汀觉得和她讲话就像是灵魂出窍一样。“明天工作结束以后我们去买东西。”他听见自己这么说道。

自从米兰达来了之后，他的日常生活就像被疯狂的飓风席卷了一样。除了激流勇进，他还能做什么呢？

第六章

“我的灰姑娘，听说贾斯汀王子想带你去舞会，还会带你去买裙子。”

米兰达扣上开衫的最后一个纽扣，这件开衫是贾斯汀借给她罩在制服外的。她背朝鹦鹉，不想让它看见自己颤抖的双手。虽然到目前为止，她能在贾斯汀面前成功地伪装成人类，但是，如果是去购物，或者去晚会，那就不同了。这种感觉就像是掉进深渊，不知前景如何，一片茫然。

戈尔迪穿过床铺，停在萨默留下的背包旁，用喙啄背包拉链。

“你干吗呢，戈尔迪？”

鹦鹉停下动作，抬头看她，说：“你觉得，没钱你能去哪？”

“钱？”她试图回忆切尔西曾和她说过的话。她们肯定讨论过，切尔西说钱对人类来说很重要，而且日常对话中也会涉及。“哦，对，货币。切尔西和我说过。”

“切尔西和你说过现金不禁用吗？”

米兰达坐到床上，说道：“我不懂。哎呀，戈尔迪，我好害怕啊。我觉得我不可能在人类面前蒙混过关，不能表现得像真正的人类一样。我到底该怎么做？”

戈尔迪对此并没有毒舌，这让米兰达稍微放松些。戈尔迪转过头面对她，认真地说道：“你已经成功一次了。在洛克希勒面前你表现得很自然。所以就这样做，每次让一个人相信，就行了。”

米兰达盯着开衫上脱线的地方说道：“对，但是欺骗贾斯汀的感觉并不好。他是个好人。我喜欢他。”她以为戈尔迪会说些什么，但它并没有接话，所以她自顾自地接着说：“我的意思是，我真的很喜欢他，你知道我说的喜欢是什么意思吧？”

“我知道你的意思，比你自己还明白。”戈尔迪跳上梳妆台，在上面来回踱步，“我之前就警告过萨默。我说把你和他绑在一起，迟早出问题。你想听听我的看法吗？”

米兰达点点头，“非常想。”

“快刀斩乱麻。孩子，就跟昨天一样。”

米兰达难过地低头，看看自己的双脚，“谢谢，戈尔迪，真的谢谢你。你真的是个重要的伙伴。”她打开背包，找到一个信封，里面有一些现金。她把现金塞进开衫的口袋，转身离开。

“等等，你等等。”戈尔迪跟在她身后喊道，“我会帮你的。你先去买周六晚上穿的衣服，要高级漂亮得体的，然后回来。萨默给你留了一个手机，回来后我教你怎么用手机拍照摄像。周六你就能拍些你需要的照片了。”

米兰达停下了动作，手还搁在门把上。她的计划，当初看上去那么绝妙，现在却如此无奈。诚然，若按计划行事，森本的高层就会处于被动，就像之前预测的一样，但同时也将贾斯汀推向困境。而这一切，都是她造成的。

***

“她到底想选什么？”

海岸精品店的营业员对着贾斯汀一挑眉，不耐地问道。她没有对着贾斯汀露出更不耐烦的表情，完全是因为她的工作薪资是算提成的，她还抱有米兰达能在她手上买走点什么的期望。

“你的朋友，”营业员强调后面两个字，但显然对贾斯汀没什么影响，“似乎想找些别出心裁、独特的服装。”她的目光停留在试衣间的百叶门上，上面搭着米兰达来时穿的开衫，“她很有自己的穿衣特色。”

贾斯汀对此表示同意。他双手插袋，万分希望他能从这个漂亮的、耀眼的服装店消失。他从没陪前女友们逛过商场。当然不是说米兰达现在是他的女朋友。当然不是，这不是他想表达的意思。好吧，可能想过这个可能。他抬手摸摸脖子，怎么有点热?

“先生，要不要给你拿杯饮料？”

“不用，谢谢。”他回答道，虽然，他现在急需一杯酒来压压神，“我去看看我朋友。”

“当然可以。如果还有需要，请随时叫我。”她手捧一大堆连衣裙，“我先把这些挂好。”

贾斯汀走过一排排服装架，心情稍微放松些。他伸手敲敲试衣间的门，试探道：“米兰达，有中意的吗？”

门打开的一刹那，他往后跳了一大步。门后，米兰达把制服挡在身前，仅用一只手堪堪抓着，望向他的眼里全是担忧。

“我不会挑衣服。贾斯汀，我好失败，我就是完完全全的大笨蛋。”

男性直觉告诉他，他应该立马转身逃离潜在的诱惑，但米兰达的话语又让他裹足不前。他停在原地，即使脑海中的警铃一直在警告他，他这个最多算是半吊子的游泳者，可能正快速卷入深海，他也无能为力，只能听之任之。“你不是笨蛋。你穿什么都好看。”

“谢谢。”她感激地朝他笑道，“那你觉得我该穿什么？”

“呃……我也不知道。”像米兰达这么漂亮的女士，竟然不懂穿着？“你想找什么样的？”

她歪着头想了片刻。然后，朝他嫣然一笑。这是她自他们跨出家门以来，第一次发自内心的笑容，“我想穿得像一条美人鱼。”

“很好，很棒，你看，就像这样。”虽然他也不知道一条美人鱼在正式场合穿些什么，“你的意思是，呃，”他把手放在胸前比画，“穿上硬硬的蛤壳？”

她被他逗得咯咯笑，“这次就不要蛤壳了。不过我想穿绿色或蓝色的裙子，而且还要亮晶晶的。你能在外面找到我说的裙子吗？”

他点点头，也不知道说什么。说实话，只要她能再这么对着他笑，他赴汤蹈火在所不辞。贾斯汀倒吸一口气，天，他这是爱上米兰达了。他尽可能地保持严肃，后退几步，说道：“我去看看能不能找到。”

在营业员的帮助下，他很快找到两条裙子。他头朝另一边，快速从门缝里递过裙子，然后快步离开，走到商店的前方，等着她试穿。

“贾斯汀？”

他转身，霎时失了呼吸。米兰达安静地站在原地，注视着他。她抬起双臂，不确定地问道：“你觉得这条怎么样？”

先别管裙子，贾斯汀的目光一秒都舍不得离开她的脸庞。她那彷徨，却又期待得到赞扬的脸庞，看上去又甜美又单纯。他现在什么都做不了，只想上前紧紧拥抱她，亲吻她。再不让她离开。怎么她到现在才出现在他的生命中？

“贾斯汀？”久不见回应，米兰达局促地垂下手臂，“你不喜欢吗？”

他急忙摇头，迫使自己发出声音：“不不，我喜欢。米兰达，这裙子就像是为你量身定做的。”他的目光在她身上流连，把她曼妙的身姿一寸寸印入脑海。这条裙子闪亮无比，水蓝色的亮片不规则地点缀在布料上。袖子刚好遮住手肘上方，圆领尽显优雅端庄，到目前为止，这条裙子还是比较庄重的。但是裙子的长度却不那么端庄了，它将将遮住臀部，将米兰达修长笔直的双腿体现得淋漓尽致。“你看上去简直不可思议。”

“不可思议得好吗？”

他微笑着回答：“是的，很棒。你很美。”

听他这么说，米兰达一阵欣喜，忍不住拍掌，“谢谢，现在就差鞋了。”她伸出手。贾斯汀仅迟疑片刻，就伸手牵住她的，让她领着往精品店的另一头走去。

比起选裙子，鞋子选得飞快。米兰达马上挑好一双 5 英寸[1]高

---

① 约 12.7 厘米。

的金色系带凉鞋，贾斯汀为她的眼光点赞。不过，这样一想，他先前似乎都没见她穿过鞋，“穿这么高的鞋，能走路吗？”

米兰达调皮一笑，“我就想试试嘛。”

他看着她穿上鞋，站起来，朝他的方向试着走几步。她走得摇摇晃晃，就像一匹长腿小马，不过，脸上却洋溢着灿烂的笑容，这笑容是他的无价之宝。她朝他走来的那几步，每一步，每一晃，都像撞进了他心里，令他久久不能平静。突然，她一个踉跄，向前扑倒。贾斯汀眼明手快，上前一步张开双臂，把她抱个满怀。

“呼，谢谢你，贾斯汀。”

贾斯汀对着她上扬的脸庞。她的双眼，湛蓝清澈，就像一汪海水。她的肌肤，白皙细嫩。他伸手温柔地碰触她的脸颊。情不自禁地，在她唇上落下轻柔的一吻。

米兰达说她希望穿得像美人鱼。那么，此刻，这一身裙装，配上这样一双鞋，她就是一条美人鱼。如此迷人的姑娘啊。

★★★

周六晚，他们如约来到海洋世界，一路上，米兰达觉得双腿打战。她不知道是不是因为她选的这双鞋跟太高太尖了，但她还想到另一种可能，因为此刻是她等待许久的时刻。她马上要见到森本企业的团队了。之前她从没如此近距离地接触过捕鲸者。这足以让她紧张得肚里翻江倒海。

她紧紧地挽着贾斯汀的手臂，感受他手臂上传来的温度和力量，这让她稍微放松些，勇敢些。她现在多希望他是自己的同伴，而不是敌人。

“你还好吗？”贾斯汀暂停脚步，低头看她，“你变得有些安静。”

她抬头望向他，“贾斯汀，我想告诉你，这周我过得很快乐。像是……我生命中最棒的一周。”

贾斯汀听到她这么说，嘴角上扬，愉快地说：“我也是。我从没这么快活过。你让这一切变得如此新鲜，崭新。”他握紧他的手，“我们还可以去体验更多的新鲜事。回去列张单子，明天开始我们一件件做，怎么样？”

米兰达强颜欢笑：“好，明天就做。”她环顾公园入口。太阳即将沉入地平线，留有最后一缕阳光。公园里成排的树上张灯结彩，圣诞节的小彩灯在枝头摇晃。一拨人正朝入口走来。看上去一切都无比美好。但是，除却人类制造的声音，海洋寂静得怪异。大海从没有像现在这般安静得可怕。

她看向贾斯汀的眼睛，希望他也能感同身受，但从他的眼睛中，她看不到一丝悔意。但为什么他的眼里含有担忧？他可是人类呀，不是人类的她才应该担忧啊。对了，她必须得牢记这一点。

“你以前来过这儿吗？”他们再次迈步，贾斯汀问道。

“没。”她克制自己，先不说她连 2.99 美元都不舍得花，更别提花 29.99 美元来这公园里待着，看被绑架的海洋生物囚禁在玻璃后供人类观赏。她知道今晚很关键，她得谨言慎行，千万不能露马脚。她现在不能引人注意。“你呢？”

他耸耸肩，转过头去，但米兰达还是敏锐地看出他表情的不自然。

“你不想来这儿，对吗？”她低声说道，以防周围来往的人听见。

贾斯汀微微一笑，局促中带着些许赞赏：“希望其他人别注意到我的不情愿。”一对夫妻从身边经过，他朝他们挥手致意，等他们走远，才继续说道：“这地方和我气场不合。所有有关海洋生物的东西都让我毛骨悚然。”

米兰达听后，身体渐渐僵硬，她抽出被他紧握的手，尽量保持语调轻松，“你害怕鲨鱼？”

他毫不犹豫地点头，“对，简单地说，我害怕一切有鳞片的生物，还有能在晚上刷刷刷游走的生物。”

米兰达的目光穿过他的肩头，看望远方。她想回家了。不是陆地上的那座房子，而是能给她带来安全感和幸福感的海洋，她不想和贾斯汀对视了。每对视一次，她就深陷一寸。而这些，在分别时只会徒增悲伤。她指指晚会，说：“该去那儿了吧。”

“对。我得记得谢谢森本先生送的鸟。”

“别!”米兰达尖叫一声，然后做一个深呼吸，尽量让自己看上去随意一些，“我已经以你的名义寄过感谢信了。这就够了，你知道日本人关于送礼的礼节吗？你要是再提起来，森本先生就该不好意思了。”

他点头表示理解：“既然你这么说，那就算了。不过，我还是觉得这个礼物挺奇怪的。我该怎么处理它呢？”

“戈尔迪吗？你就留给我解决吧。我会照顾它的。”

贾斯汀感激地笑道：“谢谢。那现在，我们去好好玩儿吧。”

米兰达再次把手放进他伸出的手掌里。对她来说，今晚不是来享受玩乐的，而是来完成重要任务的。

★★★

接下来的两个小时，米兰达尽全力表现得像一个人类。在和贾斯汀到处交谈的过程中，她尽可能不去看那些海洋生物展品。在贾斯汀将她介绍给朋友们，甚至森本企业的仇人时，她都能保持得体礼貌的微笑。在被提问时，她能礼貌地回答，并根据贾斯汀教的方法回问对方问题。让她惊喜的是，根据鹦鹉的指导，她的社交做得挺不错。

至少她觉得鹦鹉的某些说话技巧挺管用。没人对她的回答提出质疑，谈话过程中也不会出现令人尴尬的空白点。但她注意到有好些人都盯着她看，尤其是盯着她的下半身看。对此，她诚惶诚恐。难道这些人知道她的双腿是变来的？她试着不理睬这些目光，照样笑得从容，但渐渐地，她的笑容开始僵硬，就像金色高跟鞋里的脚趾一样，紧张又害怕。

她待在贾斯汀身边，直到他投身于和同事的激烈交谈中。她小心翼翼地打开手提袋，确认了一遍相机还在那儿，然后不动声色地离开贾斯汀，去寻找森本建治。

第七章

找到森本企业的老板是她计划中相对容易的部分，但如何将他带离人群，单独相处才是更大的挑战。幸好米兰达做到了。

“您的英文真是令人印象深刻，森本先生。”当他们稍稍脱离人群时，她立马说道。

健治以笑作答，“谢谢，也确实应该如此。我曾花了四年时间在加州大学伯克利分校学习国际贸易。我的父母要是听到他们在我身上的投资没有白费，一定会很开心。”

“您的父母也从事捕鲸生意吗？”米兰达问道，她试图不着痕迹地将这位同伴带去水生动物展览处。正好，其他那些参加宴会的人正端着香槟在公园里漫步。

出乎意料的是，这位日本总经理竟然是位相当有魅力的绅士。他十分礼貌地询问了一些关于她生活的问题，每次她都能蒙混过关，并暗示自己是贾斯汀·洛克希勒的女友，然后立刻将话题转回到森本的身上。

“您有养宠物吗，森本先生？”他们在海豚展点停了下来，米兰达问道，“我的意思是，在日本的家里。”

这位年迈的绅士在石壁边弯下身子，注视着水中。几只海豚聚集在池子的另一端。它们的紧张之情显而易见，这无疑是给米兰达的愤怒火上浇油。

“啊，是的，我和我太太养了一只猫叫吉吉。”他开口，“我们都很爱动物。”

米兰达掏出她的手机，露出了一个笑容，“不用管我，我只是想拍些照。”她同时打开了录音功能，这是戈尔迪教她的，“一只猫啊，多可爱呐，您出差的时候一定很想念吉吉吧。”

他笑了笑，“是啊，一个世界要是没了动物，会变成什么样呢？”

这个问题她没法儿礼貌地作答，所以她赶忙继续提问，为了引出她想要的答案，这些问题都是精心设计的，“您喜欢马吗？”

“啊，他们可是些伟大的生灵啊，是吧？我可是十分敬畏它们的威严。”

完美，这句话再配上一张被鱼叉贯穿的鲸鱼在一整池鲜血中挣扎弹跳的图片，一定会使这声音更完美。她已经拿到她想要的东西了。

于是米兰达接着引导这场谈话。她抛出的每一个问题都引导着话题的走向，因为不管在森本先生耳中听起来有多么无关紧要，它们都是为了引出一个特定的回答。整个过程中，她都在不停地拍照，表现得像个狂热的游客一样。这场谈话的进行比她预想中的更容易些，很大程度上归功于她这位目标人物的好风度和个人魅力。但米兰达知道，尽管戈尔迪很无理，但它为她做的准备工作也为这个计划的成功做了很大贡献。回去后她得好好谢谢它。

“洛克希勒先生可真是幸运啊，有这样一位可爱聪明的同伴。”森本先生亲切地侧过头，“但我已经占用你太多时间了，德拉普拉亚小姐。”

“我也是。”米兰达同意道，“谢谢您陪了我这么长时间，我确实是收益颇丰呢。”

森本健治朝着那条通往公众接待区的亮着光的小路做了个手势，“女士优先。”

“我想再在这儿待一会儿。”她婉拒道，“当然啦，您得回到您的客人中去啦。”

即便他觉得这个请求有些古怪，良好的礼仪使得他没有再说什么。他伸出了手，米兰达迫使自己握了一下。接着，他略一鞠躬后离开了。一等到他走出视线，米兰达立刻脱下了鞋子，沿着小路向海豚展区冲刺而去。

刚赶到，她就扔下了她的鞋和钱包，然后向四周环顾了一圈。幸运女神又一次眷顾了她，视野中没出现任何人。她攀到了石壁的最高点，将双腿荡了出去，短裙使得这一切动作都完成得轻而易举。又偷偷看了一眼四周，她才爬下来，坐到浅水区的一块岩石上。她将脚伸进水里慢慢晃悠着，长舒了一口气，平静下来，正如她第一次登上陆地一般。

“别怕，我是你们的朋友。”她朝着池对岸的海豚招招手，“过来打个招呼吧。”

米兰达知道它们一定会过来的，海豚的天性就是好奇而友善，而这一群尤其好奇，一个接一个地向她提问。

“嘘……这大晚上的，保安如果听到这儿一片骚乱，不会下来察看吗？”她问道。

“一点也不需要担心。”最年长的那只向她打包票，“岸上这些保安就是一群小丑，他们只会觉得我们在制造噪音，绝不会想到我们是在交流。”

米兰达摇了摇头。人类犯的蠢可远不止这些。她想要挥挥尾鳍，才发现撞到了她的脚踝骨，她现在是有腿的。脚可真疼啊，但这是脚啊，痛就痛吧。“和我说说你们在这儿的生活吧。”

它们答应了，在与海豚们闲聊的过程中，她完全忘记了她现在是人类身躯的事情和之前所有担心的问题。她的那点儿悲伤与现在这八只海豚所展示的相比显得苍白无力。

当它们询问到关于她身负的任务时，海豚那与生俱来的智慧便展露无遗了。“你觉得你最终能取得多大的成功呢？”最年长的那只问道。

米兰达叹了一口气，“我担心，不会很成功。如果连那些拥有船只的生态保护主义者都没法儿完全阻止捕鲸的话，我们在这儿也无计可施。所以我们所能希望的最好的办法就是能暂时困住森本先生。”

“你还从那个你朝夕相处的男的身上发现了些别的什么吗？”

米兰达在水中摆动着脚尖。下身传来的深度的放松感与脑中折磨着她的负罪感形成了鲜明的对比，但她没有任由这种冲突继续发展下去，她还有事要完成，“我希望我能找到一些信息，摸清楚今年森本的舰队打算什么时候开始捕鲸行动。”

她俯下身来，双手拂过那只最小的海豚的身子，那种湿润而又富有弹力的皮肤触感与她熟悉的并无二致。从它四处喷水的动作来看，它也很享受这种抚摸。“把这个消息传递给反捕鲸组织也许是最好的结果了。我们所做的任何对他们的干扰都可能阻止他们捕鲸。如果能使他们一直偏离计划以致一条鲸也捕不到，会不会是个明智的方法呢？”

他们的集体回答使米兰达心潮澎湃，以至于她一下没听见贾斯汀对她的呼喊。但当海豚们安静下来以后，他又喊了一次。从他掺杂着惊恐慌乱的声音中她知道，他发现她了。

“什么事儿也没有，贾斯汀，我没事。”她回道。但从他依然惊恐的面部表情来看，他显然没信。

“哦，我的上帝啊，米兰达，坚持住。”他喊道，“我来救你。”

这也差点儿吓坏了她。“不不。”她恳求道。她需要做的最后一件事就是不引人过来，不让人发现她在池里。“我只是滑了一下，你到岩石这边来拉我上去吧。”

她压低声音，向她的新朋友道了声歉：“我保证我会再来看你们的。”

“快，米兰达，把手给我。”贾斯汀的声音里充满着惊慌，一股内疚之情涌上米兰达的心头。为了达成自己的目的而利用他，真是糟糕透了，而且光是吓到他这一点对他来说就已经足够残酷了。

她迅速抹去刚在岩石上发生的一切，然后抓住了贾斯汀伸过来的手。她感觉到他的手紧紧地抓着她的手腕，接着他的手臂环住了她，但他却失去了平衡。这一切发生得太快，最后传入她耳中的是有人呼叫医护人员的声音。

★★★

在贾斯汀从海洋世界驱车回家的一路上，他看了米兰达好几次，而每次她都在凝视着他绷带上深红色的血渍。她脸上那股担忧的神情触动了他，他伸出手，覆在了她的手上。

“别担心，米兰达，我没事。”他努力使自己的声音显得平静而舒缓，“只是些皮外伤。”

“可你在流血呢，”她反驳道，“上一秒你还在拉我上去，下一秒你就已经躺在了地上。发生了什么？”他还没来得及开口，她就倒吸了一口气，双目圆睁：“噢，是我太重了吗？这是你摔下来的原因吗？”

他笑出了声：“别犯傻，是我自己不小心，不是你的原因。我踩到那滩水的时候不小心滑倒了，我觉得抱着你刚刚好，你不重。”意识到自己毫无掩饰地展露了对她的兴趣，他有些尴尬，于是将手重又放回到方向盘上，目视前方，开着他的梅塞德斯冲上山，朝家驶去，“不管怎么样吧，你在那些岩石上做什么？”

没听见她的回答，他偷偷瞟了一眼。她正凝视着他，不是盯着他太阳穴那儿的绷带，而是他的侧脸。她聚精会神的目光使得他心里有些小鹿乱撞。一个三十四岁的男人会像一个坠入爱河的毛头小子一样，这可能吗？今晚之前他可从没想过答案是肯定的。

“你是个好人，贾斯汀·洛克希勒。”

贾斯汀不知道该如何回应。之前从没有女人和他说过这样的话。事实上也从未有女人这样看过他。米兰达有些迷倒他了，她身上的某些东西电到他了。他又瞄了她一眼，这次，她已经侧着身偎依在座位里，闭上了双眼。她的身上散发着一股天真无邪的气息，就像每一天于她，都是来到这个世上的第一天一样。

他将注意力重又放回到面前的道路上。尽管，那股单纯中还掺杂着一丝神秘。他会想起那天逛街时的情景，她从一个信封中抽出一大摞现钞。为什么一个女人会没有衣服穿、表现得像从没穿过鞋、手头还有这么多现金呢？

还有一个更紧迫的问题冲击着他的思绪。为什么一个连柜台该怎么擦都不太清楚的女人会来干女佣的活儿呢？是她运气不好？一个破产的富家女子需要一份工作，任何工作，和一个能收留她的住处？或是一些更复杂的情况？她犯了法需要一个藏身之处？米兰达是个罪犯？这太荒谬了。这整个想法都太匪夷所思了。她是这么的友善、温柔。单是她对那只讨厌的蓝金色鹦鹉所展露出的耐心就足以使他相信她了。

贾斯汀驾着梅塞德斯驶入大门，将它停在了停车位上，熄了火。松开安全带，他下车绕到了米兰达那一侧打开了车门。“米兰达。”他低沉而又不失温柔地开口道，“我们到家了。”

她努力挣扎了几下，眼皮微微颤动着，最终还是阖上了眼，却在同一时刻露出了笑容。那笑靥一下便击中了贾斯汀的心。他弯腰探进车内，温柔地将她搂在怀中，抱了出来。他一直将她抱进屋内，放在她的床上。他可不会去试着替她脱下裙子，这不仅仅会使她尴尬，对自己的意志力也会是一种考验，但他还是替她把鞋子脱了，摆在了床边。

贾斯汀俯下身子，在她的前额留下了一个温柔的吻。他知道他忘了感谢米兰达陪他出席晚宴和她轻松地迷住了森本先生的事，她的陪伴不仅使他的出席显得更加正式得体，也使这个夜晚对他来说轻松了许多。他欠了她一次，可他知道该怎么回报她的这份恩情。

他要弄清楚她的身份，以及为什么她会无家可归，急需工作。他只要稍微一调查，就能知道米兰达·德拉普拉亚到底是谁，以及她如何才能拿回属于自己的东西，重新站起来。

★★★

“跟我讲讲，生动点儿，别错过任何一个细节，就从是谁挥出的第一拳开始吧。”

米兰达没有搭理戈尔迪，因为她此时正在与那个陷进去的枕头做斗争。铺床真是件大工程，难怪那么多人类看上去都是筋疲力尽的。做家务真的是世上最折磨人的事了。她一拳打在枕头上。

“我好像知道点什么了。”戈尔迪嘎嘎叫道。它大张着翅膀，激动地扑扇着它们，“你是想告诉我是那个漂亮的男孩子先动的手？”

米兰达放弃了这场战斗，扑通一下倒在了床上，把枕头抱在了胸前，“昨晚没人打架，戈尔迪。我知道这很让你失望，但昨晚确实没发生那些事儿。唯一有些暴力的就是我看见那些人对着一盘盘的寿司狼吞虎咽。”

“那么为什么你的那位贾斯汀先生会在脑门上顶着那么大一个邦德创可贴回来呢？”它摇头晃脑地说道，“嘿，我知道。他在车里对你动了歪脑筋，然后你为了让他清醒过来扇了他一巴掌，哈？”

米兰达端详着这只鹦鹉。“你是只疯鸟，你知道吗？”她叹了口气，“你根本不了解贾斯汀。他不会去伤害任何人，尤其不会伤害我。”

这引发了戈尔迪强烈的抗议。“如果你再说这种话，我的羽毛都要被你肉麻掉了。”它大声叫唤着，“我也会去告诉萨默，让她赶紧把你带走。”

“不行。”米兰达大喊道，“现在不是时候。我还没完成在这儿的任务。”

“面对现实吧，鱼尾巴，你并不专心。或者说你没搞清楚专心的对象。”戈尔迪跳下梳妆台，开始在地板上踱来踱去。

米兰达低头看着它在地毯上留下的那些小爪印，她真的应该拿吸尘器来处理掉它们，尽管她知道怎么给那个精妙的玩意儿通上电，但她受不了那家伙发出的噪声。她叹气道：“你说得没错，戈尔迪。完全正确。”

“啊，这话听着可真顺耳，再说一遍来听听。”

米兰达自知理亏，“你说得没错，我的确是分心了，我应该想着那些举着鱼叉的男人，而不是有着漂亮的褐色眼睛的男人。当我想到一个人类男人臂膀的力量时，我应该想到的是如何去阻止那些捕鲸者将受尽虐待的鲸鱼切片，而不是去幻想贾斯汀拥抱着我。”

她本可以接着说下去，但一个电话打断了她后面的话。这种事儿也归她管，她接起听筒，“这里是洛克希勒先生的住所。”她先自报家门，“当然，那真是极好的。是的，那没问题。您明早九点会派辆车过来，太棒了，那就到时候见啦。”

“你刚答应了什么？”她刚一放下电话，鹦鹉便追问道。

“是森本健治先生。他打电话过来邀请贾斯汀和我明天一起搭着他的私人游艇出海玩一天。”米兰达微微一笑，“听起来是不是像天上掉的馅饼儿？”

“哈。”戈尔迪左右晃动着脑袋，“你最爱的那位人类一定会很喜欢的。不过你最好给他带上些晕海宁。”

第八章

一登上森本企业名下奢华的游艇，米兰达就不禁为自己的机智点赞，她选的这条浅绿色的背心裙简直太应景了。当然，这颜色和贾斯汀难受到泛青的脸色，也是挺配的。

“没事的，贾斯汀。”米兰达温柔规律地轻拍贾斯汀的背，“放轻松，跟上海水起伏的节奏。”

贾斯汀的手死命地扣住游艇扶栏，转过头望向她的眼睛，“你骗我！”

“迫不得已啊。”她说道，尽量保持温柔抚慰的语气，“这是让你上船的唯一方法。”听到这里，贾斯汀原本泛青的脸变得通红，这样看来，她应该倍感欣慰。但说实话，她不知道哪个更好些，是晕船还是生气？或者还有别的理由，“你是不是觉得尴尬啊？”

作为回答，他俯下身，把头埋进双臂。他的声音很轻，但充满痛苦，“我尴尬什么呀？哦，你是指刚刚你把我推上跳板，所以我现在才在这个漂浮的危险地吗？”

米兰达情不自禁地笑了起来，“上帝啊，那不是跳板啦。你肯定是海盗电影看太多了。”她轻轻撸开额前飘起的栗色碎发，“不会有人嘲笑你的。虽然我认为他们可能看出你的软肋了，比起海上，你宁愿在陆地上受苦。”

“好，简直太好了。”贾斯汀缓缓站起来，慢慢找到平衡，“森本先生准备说服我接受他们的项目委托，我大致能猜到。”

“项目很棘手吗？”米兰达一惊，快速问道。当然会很棘手，就海底救援协会来说，这会很麻烦。捕鲸季来得太快，救援协会根本没时间从头再想计划。但看贾斯汀经历这一切，也让她感到痛苦。

“是的，会很棘手。我现在正处于事业转折点，要么大刀阔斧地前进，要么急流勇退。”

她点点头，“我懂了。你的意思是事情的发展将决定你是沉是浮。”

贾斯汀闭上眼，手抵着胃，“比喻得不错，米兰达，非常生动形象。”他睁开眼，望向米兰达，脸上带有她看不懂的表情。就像他极力期望得到米兰达的理解和包容。

“知道你有这么大的压力我很难过。很抱歉我骗了你。但是你今天必须来，这是不争的事实。”她走到他身边，伸出胳膊环上他的腰，“把你的手搭在我肩上。对，就是这样。好了。戴上太阳镜，随时保持沉默。这会让你看上去很自在随意。水确实对个别人有一定影响。”

“米兰达，你对我也有很大的影响。”贾斯汀轻轻揉了揉米兰达的肩膀，“我希望我也能为你做点什么。”

已经在做了。能让她接近森本健治，就是在帮助她了。但是她知道，这些不光彩的作为才不是他所指的帮助。她浑身都不得劲儿。那是愧疚和难堪，生平第一次，她觉得自己就像在泥沼中，难以自拔。如果她只关心自己的事，而不关注别人，那她和那些人类有什么区别呢?

“你已经给我一份工作了，贾斯汀。现在就由我为你工作吧。”

说完，两人相视一笑。

“好吧，也许我不是一个世界级的女佣。”米兰达说道。

“也许？”贾斯汀的语气充满调侃。

米兰达双手举起，假装投降，“好吧，我承认，我就是个灾星。”

“我没有抱怨的意思。”

他的话语让中有一丝她不懂的情绪，但这种情绪让她心动不已。她深吸一口气，但仍说不出什么。

“米兰达，”贾斯汀走近一步，“我们得谈谈我们之间的——”

“打扰一下，洛克希勒先生。”一位船员出现在他们身后，“森本先生让我来看看你，问问你还有什么需要的吗？”

米兰达不情愿地退后一步。她现在好想把这个水兵丢出船外。虽然不知道贾斯汀到底想说什么，但如果这就是个契机，她愿意和他说点什么。虽然，这并不是什么好事。

“代我谢谢森本先生，”贾斯汀说，“我们需要单独谈谈。”

这会儿轮到她插话了。“我们会随你去遮阳甲板那儿。”米兰达说道。她没有放弃她的鱼鳍，没有离开大海，去开始一段她未知的旅程。她没有偏离当初的计划。

“米兰达，我想和你深入地谈谈。”贾斯汀的声音轻柔、紧张且充满好奇，“你有太多我所不知道的地方。”

到现在为止，他还不信任她，也没有接受她的存在。“没什么好知道的，贾斯汀。我的生活很普通啊。”至少作为人鱼很普通，“但现在不适合谈这些私事。要知道森本先生还在上面等我们呢。你得工作了。”

她也得工作了。

贾斯汀一手摸着胸口，“我觉得，很，我不知道怎么说，我只是觉得——”

“你觉得很好，贾斯汀。”她打断他，假装明白了他的意思，“你要是还觉得恶心的话，再喝几口矿泉水，吞一片晕船药就行了。”

他的表情告诉她，他并不开心。

米兰达朝船员离开的方向点点头，“该走了，贾斯汀。你的委托人在等你呢。”

他点点头，“我觉得是时候做些改变了。”

米兰达跟在贾斯汀身后上了甲板，她感觉她陷入一张满是谎言的网，而现在唯一能做的，就是编造更多的谎言来弥补。

***

贾斯汀的眼神跟随白浪翻滚，余光却盯着米兰达。这样会减轻他的生理痛楚。她拿着手机到处拍，就像从没上过游艇似的。但直觉告诉他，她熟知大海的一切。当海风朝他满面吹来时，她也丝毫不害怕退缩。事实上，他要是更了解的话，她是迎风而上的，而不是避开海风。

森本健治似乎同他一样，发现了米兰达的魅力之处。贾斯汀看着他俩交谈甚欢。这位日本高层今天的打扮和之前西装革履的样子全然不同。今天，他穿了一件高尔夫衬衣，一条休闲短裤，头戴一顶道奇棒球帽，脚蹬一双帆布鞋。他活得无忧无虑。贾斯汀有点嫉妒他了。

这会儿，他们远离海岸，船长关闭发动机。寂静的环境，游艇不再滑动，这让贾斯汀不再像个傻子一样紧张。他斜靠在一张躺椅上。他觉得接下来就这样躺着，估计就看不出他畏水了，最好米兰达能让这场对话持续下去。

但他至少得把他的任务完成。他猛灌一口姜味汽水，镇定自己，然后把注意力放到他俩的谈话中。不过，做比说简单多了，因为米兰达的声音是如此美妙，能让他完全放松。不过，他还是试着集中注意力。

“我想知道，如果国际法院最终通过禁止商业捕鲸的法案，森本企业将怎么应对？”

贾斯汀瞬间睡意全无。米兰达为什么会问这个？他极力坐了起来。

森本先生并没有表现出惊慌，就好像在捕鲸的合法性问题上，他并不是第一次被责难。所以，他并不认为有何不妥。但贾斯汀却对此感到惊慌。他张嘴打算说些什么补救，但他的客户却意外地回答了。

“国际上已经有禁止非法捕鲸的管制公约了，德拉普拉亚女士。我们企业严格遵循法律法规，只捕捞法律允许的鲸类，用以科学研究。”

“你可以叫我米兰达，请如实相告。”她前倾身子，撩起海风吹乱的几缕发丝，接着说道，“你并不希望我们被虚假的情报迷惑，不是吗？众所周知——”

对话必须中止，所以贾斯汀从躺椅上跳了起来，打断米兰达，“米兰达，我做过调查，森本先生所言不虚。他的企业从未涉嫌违法捕鲸而遭制裁。所以你所说的言过其实了，是吧？”

她像才注意到似的，转过头看了他一眼。随手把太阳镜拨到头顶固定。那一眼中包含的深意，让贾斯汀心中一沉。

“但我并不认为我们调查得足够深入，贾斯汀。一家公司没有触及法律底线，并不意味着他们的作为百分百合理恰当，如果他们的行为触及道德底线了呢？”

贾斯汀此时只能干瞪着她。她脑袋里到底在想些什么？

“我同意，米兰达。”森本健治回答，“我们公司的法务部门一旦发现我们违法，会第一时间制止我们的行动。这是我对此事的承诺。”

“虽然很抱歉，森本先生。但我冒昧一问，你在说这些话的时候，我该如何评估这些话的真实性？”

他皱眉，明显表达了他的疑惑，“你的表达方式很奇怪。”

“别纠结这个了。”贾斯汀插话。他俩的对话就像是一场两败俱伤的战争。“我认为这个话题不太合适。”

他说话的时候，米兰达根本没看他一眼，贾斯汀的插话徒劳无用。她旁若无人地继续提问。

“森本先生，我的意思是，你认为你们捕杀鲸鱼，把鲸鱼拖上捕捞船只是为了科学研究，但事实是，一旦鲸鱼上船，你们就迅速宰杀，打包，最后运往日本，将鲸鱼肉出售市场。”

对此，森本健治有话要说，“国际公约允许我们在研究结束后将鲸鱼肉食用，这也是为了不浪费。”

“你用了‘食用’这个词，而我却认为这是屠杀。”米兰达紧跟其上，咄咄逼人，“文字，真是个有趣的东西。”

贾斯汀盯着脚尖。他晕船晕得厉害，但这些话却让他愤怒无比。他站起来，走到米兰达的躺椅旁，一只手紧握躺椅架维持平衡，另一只手企图阻止对话的进行，“森本先生，实在冒昧，但我想和米兰达单独谈谈。”

贾斯汀的这位客户可比他来得稳重，“当然，你们就待在这儿，我下去看看我们的午餐。”顺手指指米兰达的空杯子，“需要再给你添上吗？”

“不用了，谢谢。够了。”

贾斯汀觉得他肯定是中暑了。不然要怎么解释现在这个混乱的情况？这段时间他最关心两个人，他的客户和他的女佣，在激烈得堪称争论的谈话后还能相互友好的交流？这会儿，森本先生已走远，贾斯汀顺势坐在米兰达身旁。

“看在大地的面上，你到底在干什么？”

“你知道吗？我好想听见人类能说换个说法，‘看在大海的面上，你到底在干什么？’就一次，我就想听一次而已。”她解开背心裙的纽扣，将它稍拉下肩，再拿出一瓶防晒霜，“你介意给我抹下背吗？”

他眉头一皱，她身上这套黑色的比基尼和之前白色的那套一样，非常的迷人，“事实上，我非常介意。看在大地——哎，别管这个，你刚刚为什么要谈论鲸鱼管制公约的事？你疯了吗？”

米兰达身子微倾，“也许是我刚刚才想到的。”她在他胸口挤了些防晒霜，帮他抹匀，然后背朝他，她将头发拢到一起，用手扶着搭在头顶，“可以帮我抹了。”

贾斯汀看向防晒霜，瓶子上印有一条美人鱼，她妖娆地坐在岩石上，看着他。尽管瓶上的太阳很大很晒，这条美人鱼的皮肤仍然白皙耀眼。荒谬，简直荒谬至极。就像今天这一切。“转过来吧，米兰达。在主人回来之前，我们俩必须统一想法。”

“很好。”米兰达在他阻挡之前，抢走防晒霜。她摇了摇瓶子，把棕色的乳液挤在手上，两手开始互搓。“说吧。”说着，把手上的乳液慢慢抹上胳膊、肩膀和前身，“我听着。”

但贾斯汀根本思考无能，更别提说了。他的眼睛跟着她的手游走，他看着她又倒出乳液，开始缓缓按摩双腿。这女的就是来索命的，绝对是。他困难地咽下口水，企图把这幅香艳的美女图从他的脑海里驱逐出去。

米兰达终于抹好了，她挪过身子，往他鼻上蹭了一点防晒霜，“说吧，贾斯汀。刚刚我看你整个人像是爆炸了，那么你来说说你脑袋里在想什么？”

他脑袋里在想什么，这个就是他想告诉她的。这个话题比捕鲸来得安全多了，“你不能和森本健治那样说话。这在公共关系中，相当于自杀。”

她耸耸肩表示不屑，“自杀，总比谋杀强。”

第九章

“谋杀？”他难以置信地盯着她，“你现在在说些什么？”

“捕鲸，贾斯汀，我是在说捕鲸。好吧，我给你仔细地解释一下。森本企业拥有一批渔船，专门追捕那些手无寸铁的鲸鱼，一旦他们与一只鲸鱼的距离足够近了，船员就会用捕鲸炮对那头鲸进行射击，接下来就是对那头无辜温柔的大家伙进行鞭打与折磨，在这一整个过程中，它被拖向另一艘更大的船，然后扔在那儿。”

她声音中充满着原始的伤痛，贾斯汀不忍再听下去了，“可以了，米兰达，你这是在让自己不开心。”

“我没有不开心，我是生气，是厌恶。”

贾斯汀在椅子上坐了下来，“但这是从何而来呢？为什么是现在？”

米兰达站起身来，走向游艇的右舷，他紧随其后。这艘游艇的摇晃程度还可以忍受，如果他抓着扶手并且不去看周边的海面的话。他回头看了一眼，没看到任何人在往楼梯这边来。他松开了死死抓住栏杆的手，伸出去拍了拍米兰达的肩

“米兰达，只要告诉我发生了什么，我会摆平一切的。”

出乎意料地，她投入了他的怀抱，伸出双手环住了他的腰。下意识地，他紧紧回抱着她，像哄孩子一样温柔地哄着她。此时他的脑中只有一个想法——永远不想放她走，“告诉我，你想要什么。”

她稍稍松开手，抬起头望向他。他看到她脸上的愤怒已经褪去，取而代之的是悲伤，这使他感觉更糟了。

“我想让你知道，为什么这事对我来说这么重要。”

她眼中的恳求之情一下击中了贾斯汀的心，他伸出手，温柔地抚上她的脸庞。“我也是这么想的，但现在，时间、地点都不合适，我们需要一个单独相处的地方。”他环顾四周，依然没发现森本先生的身影，“让我们一起去找找森本先生，让他告诉船长，我们想让这只浴缸掉个头。”

米兰达笑了起来，“如果你对着船长把这艘游艇称作是浴缸的

话，他更可能把你扔下去，而不是送你上岸。”

“好吧，那就叫游艇吧，如果你想让我这么叫的话。”

“我们现在感觉像什么呢？”

他想要回答，风趣诙谐地回答，但她的眼神让他开不了口，甚至难以做出任何动作。米兰达是如此迷人，如此鲜活，如此美丽，以至于他几乎不敢相信她想让他吻她。但她确实是这个意思，因为她渐渐靠近，并将双手放在他的肩上。他倾过身去，犹豫着，不知是不是误解了她的肢体语言，但当她扬起头，闭上眼睛时，他覆上了她的唇。

在他的有生之年，他从未想象过如此强烈的欢愉，当她将身子紧紧贴住他的，双手环住他的脖子时，他知道如果下一刻地球即将毁灭的话，此刻的他做鬼也风流。

当他稍稍退开时，米兰达笑意盈盈地望向他，“这太美妙了，简直不可思议。再来一次吧。”

他笑，“我很高兴你喜欢。”

米兰达用手指描摹着他双唇的轮廓，“我很喜欢。”

他将她拉近，再一次吻了上去，希望这第二个吻不会让她失望。结束时，从她脸上洋溢着的梦幻般的表情可以知道，她相当满意。

“这艘游艇很棒。”米兰达说着，“但我还是希望我们是在家里。你的家里，我的意思是。只有我们两个人。”

“听起来很棒。”

她点点头，“只有我们两个人，不用去想任何关于鲸鱼、工作或者其他事情。噢，我们还需要几盒食物。外带。”

“是外卖。”尽管这听起来很美好，但贾斯汀知道在他们的关系更进一层之前，有一个棘手的问题他不得不提出来，“你知道吗？米兰达，这感觉就像，我们准备在这儿跨过一条界线。”

她的眼睛微微睁大了一些，“这是件不好的事情吗？”

他没有这种感觉，但他需要确认在这段关系中她是感觉舒服的，“我不这么认为，但我想知道你是怎么想的。”

她凑过去亲吻他，细密的吻落在他的唇上，使他感觉自己仿佛置身天堂。

“我觉得界线就是用来跨越交叉的。”她说，“这样它们才不会那么孤单。”

“我和你在一起的时候才不会觉得孤独。”他说道。

她咧嘴笑道：“我也是。”

贾斯汀低下头，想再次吻上她，但一阵刺耳的声音撕裂了这一时空，像是从海里推来了一台割草机。他们同时环顾四周，向栏杆下望去，想找到这阵噪声的源头。米兰达首先发现了端倪。“快看前面。”她指向海平面，“是那些可恶的……东西。我不知道它们叫什么，但我恨它们。”

她不知道，可贾斯汀知道那些家伙是什么。“水上摩托。”他转向她，很高兴可以不用再去看那水面，“你觉得这会使人受伤吗？”

“如果他们只是在小圈子里这样转转的话，不会。”可她的声音听上去仍旧很紧张、生气。

“但这确实很安全。”他坚持说道，“你的意思听上去像是有人可能会因此而受伤。”

没有回答他，米兰达跑回了他们先前坐的地方。他还没决定好该做些什么时，她已经背对着他，举起了望远镜，并将它瞄准了那些水上摩托车。

“那是什么，米兰达？你看见什么了？”

她将望远镜一把塞给他，“你自己看。”

他刚准备把望远镜举起来就不得不停下了动作，因为他看见米兰达将一条腿跨在了栏杆上，准备跳到游艇的边缘上，“停下，米兰达，现在。别动。”

可她置若罔闻，灵巧地向旁边横跨一步，躲开了他。贾斯汀低声咒骂了一声，再次伸手想要抓住她，可她已经闪得太远了，“你在干什么？你疯了吗？”

现在她已经站在了栏杆上，但她是如何在那上面成功地保持住平衡的，他还没想明白，光是看着她那危险的姿势，他就已经有些晕眩了。他伸出一只手，“米兰达，亲爱的，赶紧回来。你这样很危险。”

她向下看着他，神情坚毅。“我不是真正需要帮助的人。”她指向仍在转着圈子围困一些未知物体的水上摩托，“我要去阻止它们，我要过去了。”

当他看到米兰达跳下游艇，一头扎进波涛汹涌的大海时，心头的恐惧吞噬了他。仿佛是透过一层迷雾，他听见自己大声叫喊着她的名字，直至她消失在海平面上。

他的咆哮惊动了船长、船员和森本健治先生，他们纷纷跑了出来，场面瞬间陷入了一片慌乱，这六个男人都疯狂地在海面上搜寻着米兰达的身影，但一无所获，就像是她消失在了那些白色的泡沫之下。

贾斯汀紧紧地抓住船长的手臂：“想想办法啊，我们必须得找到她。”

船长转过身来看着他，黯淡的表情让贾斯汀全身的血液都冻结了。他默默递过手中的望远镜，指向游艇刚才所在的位置。

贾斯汀靠在栏杆上，举起了望远镜。他不断地调节着它，直到对上了焦。起初，他的视线范围内充斥着无边无际的波涛，接着他看到了那个令船长脸色为之一变的东西。

灰色的三角形背鳍。鲨鱼。他的心几乎停止了跳动，米兰达刚刚跳进了鲨鱼群中。

★★★

当冰冷咸湿的海水包裹住她时，米兰达感受到了一阵强烈的震颤贯穿了她的全身，从头至尾。不是腿。她震惊地睁开眼，迅速地在水下翻了个跟斗，以便看清她的下半身。她倒吸了一口凉气，腿不见了。她轻轻挥动了几下她的鳍，她的腿去哪儿了？还有一个更要紧的问题。她要怎样才能重新变出那双腿?

“嗨，米兰达。”她的身后传来一声震耳欲聋的声音，“你能加入我们的这场混战真是太好了。”

听到自己名字的瞬间，米兰达转了个身。事实上，有着鱼鳍，又拖着一条尾巴，使得这个动作看上去更像是转了个圈。她看了看徘徊在她身边的三条鲨鱼，然后抬头看向海面。没有任何人类的迹象，或是他们那些令人讨厌的水上摩托。

“格斯，那些人类去哪儿了？”一道猜想在她脑中闪过：有哪里出了问题，她刚刚跳入了一个早就计划好的陷阱。发生了什么？“别告诉我你们把他们吃掉了，因为没时间了。”

那条叫格斯的鲨鱼东看看西看看，上看看下看看，就是不看她。所以她猜对了，她根本没有阻止一场战斗。她刚刚就该和贾斯汀一起待在游艇上，“谁派你来做这些的？”

如果鲨鱼会耸肩的话，它们一定会这么做的。而现在，它们全都保持着一阵诡异的沉默。这一举动使米兰达得到她想知道的答案了。“所以你们是来把我带回谢默斯叔叔那儿的？”她紧追不舍，“是这么样吗？”

那条叫汤克——她猜应该是吧——的鲨鱼首先开腔：“事实上，不是你叔叔派我们来的。”

“那么，是谁？”

“是我。”鲨鱼们纷纷向旁边让了让，方便切尔西游出来。“是时候回家了，米兰达。”

米兰达目瞪口呆。切尔西是她最好的人鱼朋友，一直，永远。她们的友情已经上升为姐妹之情了，但现在，切尔西所说的，所看的，所见的，都好像发生了偏差，偏离了她们的轨道。“怎么了，切尔西？”

这条粉色的人鱼轻甩了几次尾巴，开始向后游去，示意米兰达跟上她，“我们找个没人的地方说，以防隔墙有耳。”

米兰达向四周望了望，不像是有其他人鱼的踪迹，“我们可以在这儿说。”

切尔西猛烈地摇着头，以至于她接着向前游动时，周围晕开了一圈圈的细纹，“不，我们绝不能让人类看见。他们会来找你的，你得明白这一点。”

可是米兰达不想明白，只要一想到，她就恨不得自己是块石头，沉下去得了。贾斯汀，他刚刚亲眼看到自己跳进水里，当然，在他眼里是鲨鱼群里。他一定听到了警报声，除非他先晕了过去。

可怜的，可怜的贾斯汀。他对浅海的那股恐惧已经够折腾他的了，还要让他以为自己已经溺死在海中或是落在鲨鱼口中，真是太残酷了。她这么和切尔西说道。

“我们得离开这儿。”切尔西催促道，“跟着我，我们谈谈。”

向那片海面投去最后一瞥后，米兰达不情不愿地摆起尾鳍游起来，跟上了她的朋友。虽然重回海底就像回到家里一样，她仍然痛苦地明白，她的尾巴每甩动一次，都是离贾斯汀更远一步。而那，是她在这个海洋里、这个地球上，甚至是天堂里最不想做的一件事。

她转过身子，发现切尔西正在观察她。

“它还是发生了。”切尔西说道，那严峻的样子仿佛她刚才宣布的是海洋即将枯竭，“我从未想过你竟然会心甘情愿地跳进那危险的漩涡中。”

“什么？”米兰达喊叫着，但她知道她听上去像只受惊了的刺猬。因为，她确实如此。极具防御姿态，内心又充满着负罪感。它真的发生了，至少，如果切尔西所指的是她让自己对贾斯汀·洛克希勒投入了太多感情的话。“你为什么那样看着我？”

“因为你刚刚做了件一条人鱼最最不该做的事。”切尔西转过身去，背对着米兰达说道，“我甚至不想说它。”

“我想，你还是得说出来。”米兰达轻轻地游了过去，面对她的朋友，“我承认，我是花了比我们预计的更长的一些时间来做那件事——”

切尔西皱起了眉，“噢，这事儿比我想的更糟。米兰达，我不是在说我们的计划，我是说，你和贾斯汀。”

米兰达挑起了眉。“老天作证，我绝对没有做错任何事，也没做什么出格的事儿。哦，对了，说到这个，我可没叫你派那些灰色的傻大个儿来把我骗进水里。”

“你听听你自己说的话啊！”切尔西叫嚷道，“什么时候起，一条人鱼会是被骗进水里的？你这话说得，就好像你是被网兜住然后拖下水来的。”

米兰达刚想开口反驳，就被一串波纹打断了，这是船和水上摩托驶过才会传回的波纹。听声音，还不止一辆。他们在找她。

“米兰达，这儿已经不安全了，快跟上我。”切尔西冲过来拽住她的一只手腕，“如果被人类发现，只要发现我们中的一个，你清楚会发生什么吗？即便是他们以为他们看到的是一条人鱼，人类也会蜂拥而至。”

最后向那海面投去一眼后，米兰达任凭切尔西带着她离开。

她跟在切尔西身后，擦去了眼泪，她不想她的朋友看到。

直到她们潜得够深，深到一个透不进一丝光亮的地方，米兰达才说服切尔西放缓了动作。在她们慢慢减速时，她捅了捅切尔西，想知道关于那出戏剧般的鲨鱼受袭表演的细节，“那是谁的主意？”

“我只能说，大家都很担心你，米兰达。”

“那也没必要这样。”她抗议，“一切都进展得很顺利啊——”

切尔西抬起一只手：“打住，因为我不止听到一些不寻常的动静，我还看到你和那个人类抱在一起。”

她皱皱眉头，“别把贾斯汀叫作‘那个人类’，那听上去很不尊重他，这对他来说完全不公平。他对我很好。”

“我不太想知道更多的细节了。”切尔西摇着头，“除此之外，我们还从戈尔迪那儿听说——”

米兰达一个急刹，猛地挥舞着鱼鳍以保持平衡，“戈尔迪？你把我从贾斯汀——我是说我们的目标——身边带走，就是因为那只大嘴鸟说了些有的没的？”她紧紧盯着她的朋友，仿佛从来不认识她一样，“你，或是其他人有没有想到过叫萨默过来送个信呢？”

“嗯，事实上，我妈妈也有同样的担心。”

“第一天过后我就再也没见过她或是从她那儿收到什么消息

了。”她眯起眼，“她有什么可担心的？”

“你和贾斯汀。”

哈，那就是喽。突如其来的愤怒淹没了她早前的困惑，“萨默从没见过我们在一起。”

“也许是没看见过吧，但她给贾斯汀打过几次电话。每次她打过去询问你干的怎么样的时候，贾斯汀都和她保证，说你简直出色得令人难以置信。”切尔西摇着头，“那个男人丝毫不介意他的新佣人对煮饭洗衣一窍不通，难道这对你来说不奇怪吗？”

米兰达迟疑着，贾斯汀费力地将他的袜子从夹竹桃篱笆内一只只捡出来的场景从她的脑中一闪而过。那时他没生气，而且当她用橄榄油给大理石地板抛光时，他也表现得很有风度，还向她保证他每次摔到手肘后都只要过个一两天就会好了。一想到他，她的心头就涌过一股暖流，情不自禁地露出了笑容，“我们不是那种关系，我是说，贾斯汀早已预见了我不会做事。我们在一起很好。”

“快醒醒，米兰达，我们，一起，关系……你知道你自己在说什么吗？贾斯汀·洛克希勒是个人类。人——类——我真不知道你怎么会忘了这一点。”切尔西摇了摇头，“都是为你好，我很庆幸，这一切都结束了。”

第十章

“洛克希勒先生，我们再整理一遍。你说关于你家女佣，你既不知道她姓什么，也不知道她的其他信息，是吗？”

贾斯汀看着站在他前面的警察，他的大脑快速运转，以分辨警察的话语，“我知道她姓什么，她姓德拉普拉亚。”

警察随手记下，“还有别的信息吗？”说完，等着下文，但长久没有得到回答

“家庭住址，上个雇主的信息，家庭成员的姓名、年龄，总得有点什么，才能开展工作。给点有用的信息，这样也许能找到她的家人。他们应该知道她的去向。”

“你说的那些信息，我一概不知。我唯一知道的就是她的名

字，她是经由保洁公司来我这儿工作的，公司名字叫美人鱼有限公司，持有人是萨默。”

警察将所了解的信息反馈总指挥部，而贾斯汀不安地在码头来回踱步。港口自有船只全部发出，用以搜寻鲨鱼和米兰达的踪迹。但至此，他们还未发现任何线索。晕眩感再次涌上来。米兰达不见了。他停止踱步，再也迈不开腿，心也沉重不堪。

“洛克希勒先生，”警察边走上前，边喊他的名字，“你确定你没记错那个保洁公司的名字吗？”

贾斯汀点点头，“我确定，公司老板的车上就印着公司名，公司商标是一条绿蓝相间的美人女。怎么了？”

“我们查不到任何有关这家公司的信息。”说着，他翻看一眼笔记本，“而且，加利福尼亚地区也没有任何米兰达·德拉普拉亚的信息。”他若有所思地看着贾斯汀，“在你雇佣她之前，你有查询过她的信息，或搜索过那家保洁公司吗？”

“没，我的家庭管家有事要离开一段时间，所以米兰达是过来替补的。这是我仅知的。”

“你有和那家公司签合同吗？”警察询问道，“有任何书面文件吗？”

贾斯汀无奈地摇头。事情怎么会变成这样？

“你会说西班牙语吗，洛克希勒先生？”

奇怪的问题！但贾斯汀还是配合地摇摇头，“不会，怎么了？”

“在西班牙语里，达拉普拉亚的意思是‘源自海滩’。”警察的目光让贾斯汀倍感焦虑。就好像他正等着贾斯汀做出推理及判断，“这有什么特殊含义吗？”

“也许没有，但你想，目前为止，我们只知道一个根本不存在的保洁公司，一位查不到踪迹的女士，你说过你第一次见她是在海滩边，而她告诉你她姓德拉普拉亚。这么说，你能想到什么？”

“想到什么？”贾斯汀几近崩溃，“你到底在暗示什么？”

警察耸耸肩，“没什么，但是我只是想知道，你之前有没有类似经历。”看到贾斯汀起了疑惑，这位警察接着说下去，“你知道的，比如说，预谋，欺骗。”

贾斯汀坚决摇头。米兰达，他的米兰达，是这世界上最真诚的女子。他可能查不到她的社安号码①，也说不出她大学毕业后做过什么，但他知道，她不是骗子。“米兰达不可能是，”他反驳这位警察，“她非常善良，绝不可能是骗子。”

感情用事，警察脸上明显流露出了不苟同的表情，但他并没有说出来，“好吧，你现在这个状态不适合开始。我送你回去，顺

---

①社安号码，Social Security Number，也叫 SS Number。所有的美国公民、侨民和持有合法签证入境美国留学或短期及长期工作的外国人都有一个号码。这个号码是终身的。

便看看那位女佣的东西，也许我们能找到点什么。”

“不，我不去。”他指着海水说道，“我等在这儿等她回来。她需要我。”

“听着，洛克希勒先生，很遗憾你的女佣发生这样的事，真的很遗憾。但是，她存活的概率，甚至是全须全尾的概率都接近零。”他褪下太阳镜，让贾斯汀清楚地看到他眼里的悲哀，但这只让贾斯汀更加难过，“港口巡逻队搜救这么久，但一点线索也没有。”

他的语气显得有些犹豫，这让贾斯汀一阵战栗，“你还有什么没告诉我的？”

警察心一横，快速说道：“距离德拉普拉达小姐跳海大约 100 码[①]的地方，巡逻队发现一小块区域，疑有鲜血的存在。”

“但那也有可能是——”

警察摇摇头，打断他的话，不让他有所反驳，“她死了。”

心如刀割，贾斯汀只得随他前往巡逻车处，路过前往停车点的最后一步台阶时，他停了下来，转过身，面朝大海，眼睛望着海平面。米兰达，漂亮、善良、热情的米兰达。她怎么可能会死呢？

---

① 约 91.44 米。

★★★

米兰达游回叔叔的海底洞穴时，她已经出离愤怒了。当时，她不情愿地随切尔西离开海面。那时，人类搜救和援救队把海域翻得底朝天，这么花精力花时间来搜救米兰达，这让她倍感愧疚。而一旦想到贾斯汀可能以为自己已葬身大海，她就一阵心碎。

“我就送你到这儿。”切尔西说道，“叔叔应该想找你谈话。”

“你真勇敢啊。”米兰达转过身，躲过切尔西的拥抱，“我想他一定很惊慌吧。”

切尔西随之皱眉，“他是在担心你，如果我没误解你的意思的话。你知道吗，米兰达，和一周前比起来，你变了好多。”

她看着切尔西游出她的视线，此时，她意识到，朋友的话没有错。她变了。陆地生活改变了她。虽然她的鱼尾回来了，完完全全回来了，但她的内心却没有完全转化回来。她渴望游去静谧的港湾，痛哭一番，但她知道，她必须先面对眼前这一位。谢默斯叔叔。

米兰达深深吸了一口气，然后游进叔叔的洞穴。这一次，她没有左顾右盼地找他。因为她的叔叔正等着她，双手抱胸，眉头紧锁，正襟危坐。

“你好啊，谢默斯叔叔。”

“米兰达。”

叔叔简洁地打了声招呼，接下来便是沉默，而这沉默，才是最振聋发聩的。但米兰达正在气头上，所以她也拒绝解释。

“你到底做了些什么？”最终，还是叔叔先质问出声。

“相爱。”这句话脱口而出，似乎根本不需要米兰达思考。但她知道，这就是事实，即使这不是大家想听到的。

她的叔叔摇头叹息，“你怎么能让这一切发生？”

怎么发生的？从他们分享同一盒食物开始，从他们第一次对话开始，一切都转眼即成，又顺其自然。而她，该如何描述这些？她微抬下颚，以示对抗：“我不知道。但有一点我很清楚，我爱贾斯汀·洛克希勒。”

她的话顿时让叔叔难以抑制地深吸一口气。

“还有，我想去陆地上生活。”

如同预料，她的叔叔听后震惊不小。“不可能。即使再过一万年，我也不会同意你这愚蠢的想法。”

“谢默斯叔叔，你不明白。你根本不知道我在陆地上发生了什么。”她无意识地来回游走，待在原地简直无处使力，“是贾斯汀。他那么美好，那么帅气，那么善良，那么温柔，那么——”

“人类，”叔叔打断她的沉迷。“他是个人类。这才是问题的关键。年轻人，你犯错了，大大的错了。但都会过去的。你会忘了他的。”

对此，米兰达迅速且坚决地反驳：“我不会！永远不会。”

“现在你认为你不会，但总有一天他会变成回忆。”他游上前，轻轻扶上她的肩，“没人对你生气。我只是担心你。”

“那切尔西呢？”米兰达胸口堆积太多怒气，如果这会儿还是颗沙砾，那么今天结束前，估计就能磨砺成一颗珍珠了。

谢默斯明显松了一口气，他觉得自己的努力有成果了，但这其实并非米兰达的本意。

“别担心，我的宝贝。切尔西只是吓到了，那会儿消息传来说，你知道的，说失误了。”

“那海底救援协会呢？”米兰达又接着问，“他们对此肯定颇有微词。”

“是不满意，很不满意。我不能骗你说他们满意。他们现在非常混乱。但这影响不了我们，米兰达。公平地说，之前没人去陆地上待过。也没人变出双腿过。所以我们都不了解你所承受的压力。”

“那任务呢？我还没有完成当初计划的任务。”米兰达认真地望着叔叔。他的怒气逐渐消退。而她的意志更坚决，“我们之前都同意的，要为阻止商业捕鲸做出贡献。”

“当然，米兰达，你说得对。我们会赞扬你所做的贡献。”叔叔的语气转为安抚，就像当年他哄骗五岁的米兰达，让她丢掉床边她所搜集的贝壳一样，“切尔西妈妈说，如果她能修好你的手机，她就能自己编辑那些录音了。”

“所以如果她能拿到我手机里的照片和视频，她就能集合影像，对抗森本健治了。”

谢默斯用力地点点头，“对的。所以你看，你成功了。最重要的是，你及时回家了，在你被人类世界深深诱惑之前。”

也不想想她是被逼回来的。她在不经意间上当了，傻傻地以为她得帮助鲨鱼摆脱那些水上摩托。这都是陷阱。但她的陆上旅程为什么是这样结束的？她想住在哪儿，难道不该是她自己做决定吗。

回切尔西和她一起住的洞穴路上，她脑海里正在天人交战。她的脑袋里全是理智的想法，但她的内心遵循她的欲望。她想回到陆地上。回到贾斯汀那儿。以后会发生什么，她不知道。但她会有答案的。

但首先，她得把腿给找回来。这就得找切尔西了。说曹操，曹操到。

“别想了，米兰达。根本不可能。”切尔西不断摇头，“我不可能让你的腿回来。没人能。这事儿一辈子只能一次，已经结束了。你是一条美人鱼，你也只能是一条美人鱼。”

米兰达不是好糊弄的，“你一定能再施个法术，切尔西。我们知道的。”

“我不会，米兰达。我太在乎你了，我不会让你接近人类了。”她热泪盈眶，满是痛苦，“如果我让你再做傻事，我还算什么朋友。你不属于那儿啊。”

但米兰达认为她就属于陆地。虽然这个想法很疯狂，但她就是知道。前半生，她活在海洋里，鱼尾轻甩，她过得很快乐。但现在，万事巨变。即使海洋再广袤，再美丽，也不会再是她留恋的家了。她尽其所能希望得到切尔西的理解。

“你只在陆地上生活了一周多，你就希望我能相信你能活得像个人类，你说那是你向往的生活，你让我怎么相信？”切尔西的怀疑很有道理，“米兰达，你现在对那个人类的感情只是荷尔蒙分泌过剩。在海底，对着某条人鱼，你照样能找到这样的感觉。”

米兰达不知此时她该尖叫还是哭泣。她渴望被理解，被接受。就像贾斯汀待她那般。她说她不会做饭，贾斯汀二话不问。他关心她，是真的关心在意她。她就是知道。她必须回去理清他们之间的关系，但首先她得有双腿。“我不想要人鱼，也不要别人。我只要贾斯汀。”

“哦，米兰达，”切尔西呻吟道，“你不知道做人类有多困难。这些年来，我看着我妈妈挣扎于世，渴望找到属于她的幸福，但终究难觅。”

“也许她只是还没等到对的那个人啊，人类，或者人鱼。”米兰达紧抓好朋友的手，将它们圈入自己的双手，“但我们在看见幸福的时候要紧紧抓住，绝不畏惧，我们不能保证事情的结局是好的，但至少得试试，不是吗？”

“你觉得这件事值得尝试吗，即使受伤？”

米兰达豁达一笑：“如果你的父母当初没有为了幸福奋力一搏，你就不会出生了。虽然他们没能在一块儿，但他们创造了你。我相信他们的尝试就是值得的，你说呢？”

切尔西双手举起做投降状，“我怎么可能反驳这个解释。但我真的很担心你。”

“切尔西，我想回去。我必须试试。我请求你，帮帮我。”

切尔西明显开始犹豫了，这让米兰达看到一丝希望。她安静下来，等待这条人鱼的决定。谢天谢地，这样的等待是值得的。

“有个办法。”切尔西最后不情愿地说道，“但我不能保证，也许最后会是场灾难。”

满心窃喜，米兰达合上双手，比出爱心，“我不需要你的保证，我只需要一个机会！”

第十一章

接下来的三天里，贾斯汀都像是在地狱中煎熬。夜不能寐，食不知味，甚至连胡子都懒得刮，没日没夜地蹲守在电脑前，希望能找到些关于米兰达的蛛丝马迹。失去她之后，他的心一直如刀割般，她是个骗子，这一念头在脑中盘旋着，挥之不去。还有，多谢那只金蓝色鹦鹉三十六小时不停地尖叫，他的最后一根神经也快被压断了。

“我也很想她。”贾斯汀推开那满满一杯已经冷掉的咖啡，转向鹦鹉说道，“可她不会回来了，你喊破喉咙也改变不了这一点的。”

而这只换来了一阵更加激烈的抗议。大声地抗议。贾斯汀用手捂住脸，他需要一个平静、清净的地方。平静，现在他知道他再也见不到米兰达了，他做不到这一点。但是清净，如果他能远离这只鸟的话，还是能得到的。显然，这得有一个能够接手它的鸟类保护组织。

米兰达是真的很喜欢这只鹦鹉，常常和它讲话，而且是以一种低到让他恰好听不清她在说什么的声音。但看上去她和那只鹦鹉确是在深入地谈话。作为回报，那只鹦鹉也一直像只走丢的小狗一样跟在她屁股后面。他的嘴角划过一丝微笑，有米兰达迷不住的东西吗？

“好了，戈尔迪。”他说道，“我想米兰达也会想让我帮你找个新家的。”

鹦鹉盯着他，一下安静了下来。

他好好地享受了一把这片刻的安静，才接着开口，“我相信一定会有人想养只宠物鸟的。我的意思是，我知道你没有笼子，但我可以买一只，和一些鸟食，这样你就准备齐全了。”

“忘了这件事吧，帅小伙。”

贾斯汀摇了摇脑袋，他睡眠不足已经很久了，他不仅觉得孤独、空洞，仿佛被掏空，现在他甚至听见了些什么声音。“鹦鹉才不会讲话。”

“噢，是啊，你难道是个动物方面的专家吗？你和米兰达住在一起，却甚至不知道她到底是什么生物。”

“嘿，别把她叫作一种生物。她是个令人惊讶的——”贾斯汀打住下半句话，“我现在在干吗？我在和一只鹦鹉对话。”

“对你们这些愚蠢的人类朋友来说，这可是一大进步，如果我不得不这么说的话。”

贾斯汀用手揉了揉他的脸。精疲力竭，就是现在这个状态。他的身体已经快撑到极限了，更别提他的大脑，因为这看上去，听上去，真真实实像那只鹦鹉在和他对话一样。真是疯了。

“喂喂喂喂喂喂喂……我们什么时候能接着说下去，洛克希勒？”

贾斯汀跳了起来：“哦，我的天哪，你真的在和我，讲话。”

“哇哦，快给这个这个天资聪颖的男孩儿奖励一颗金色五角星啊。”戈尔迪尖声叫道，“现在你给我坐下来，我们来把这事儿捋清楚。”

贾斯汀坐下来，继续盯着它。

“最后，麻烦尊重我一下。”它说道，“现在，你想让我帮你找到米兰达吗？”

“找到她是什么意思？她已经走了。”

“走了不是死了。”

贾斯汀紧紧地闭上了眼睛，然后睁开。那只鹦鹉仍旧待在他对面的那张椅背上。这一切都太疯狂了，他的脑子有点不够用，是时候该去睡会儿了。他起身离开桌子，走下大厅，向着他的房间走去。

“听着，你可以走，但你回避不了这事儿。”那声音说道。

贾斯汀转过身，“这怎么可能呢？”

“说话这么高高在上的，还真是像你们人类呢。”戈尔迪蹦上门厅的栏杆上，“我跟你说，我能帮你找到米兰达。只要想想，你和人脸鱼能再一起出去闲逛。”

“人脸鱼？”贾斯汀呆呆地重复着。这一定是他做过最奇怪的梦了。

“别管这个，洛克希勒，跟我来。”

贾斯汀看着戈尔迪走走跳跳地进了厨房，伸手探了探自己的脉搏。没错啊，他还活着，虽然出现了幻觉，但还活着。

“我还能摇尾巴呢。”那只鸟回过头来叫他。

“怎么会这样？”贾斯汀在厨房的椅子里坐了下来，问道。

“别管为什么了，跟着我走就行。看样子你也不怎么灵光，所以我尽量说得简单点。”戈尔迪展开翅膀，梳理了一下它的羽毛，“米兰达没死，也不是个骗子，所以我们别再往这方面想了。”

这事儿不乏疯狂，但贾斯汀选择此刻先不去追究，他点了点头，“好吧。”

“但有些关于她的事儿你还是得知道。”

贾斯汀双手相扣，抑制住颤抖。在这事儿全部结束之前，他得去看看心理医生，“为什么你说米兰达还活着？这不可能啊。你没看见发生了什么，那太可怕了。”

“什么？是说那些鲨鱼吗？啊，忘了它们吧，就是面对一整个海洋的鲨鱼，米兰达都不会有什么事儿。”

“你当时不在那儿。”贾斯汀反驳道，“如果你在的话，你会明白的。”

“哦，是啊，你是百晓生，知道在你身边发生的任何事。”戈尔迪从一边晃到另一边，“你看见血了？啊，没有。你难道不奇怪为什么米兰达会跳进那场混乱中吗？因为她想和鲨鱼谈话。”

“和鲨鱼谈话？”他是不是该打 911？告诉他们他现在精神崩溃了？他阖上了双眼。不，最好还是让这场噩梦自己消散吧。他总会醒过来的。

“是啊，她能像和我对话一样，和那些鲨鱼对话。你还没发现吗？她不是人类。”

“不是人类。”贾斯汀重复道。

“上帝啊，你是个笨蛋。”戈尔迪尖叫道，“我不知道米兰达怎么看你，但她曾经可是被你迷住了。”

贾斯汀睁开了眼睛，“她曾经？她在乎我吗？”不管多么荒谬，他的心竟然可笑地轻颤了一下，“真的吗？”

“真的真的，而且我看得出来你也对她有意思，所以我才会在这儿做这个愚蠢的丘比特。现在听着，别害怕，别崩溃，米兰达，她不是，不是一个人类，她是一条人鱼。”

贾斯汀坐不住了。“这实在是太疯狂了。”他慢慢地走近戈尔迪，“我想是时候给你重新找个家了。”他伸出手，压低声音，“我相信一定会有一对友善的老夫妻愿意收养你，他们家里会很安静，你在那儿能好好休息一下。”

那鹦鹉疯狂地巡视着四周，然后飞到了冰箱上。“忘了这事儿吧，好孩子。我才六十五岁，并不准备搬到养老院。米兰达是条人鱼，你知道，有着曼妙的上肢，然后腰部以下是鱼尾巴的那种。你不得不承认，比起别的人类少女，她对蚌类简直如数家珍。”

贾斯汀火冒三丈，抓过一把椅子拖到冰箱前，“不许你再这样说米兰达。”放好椅子后他一脚踩上去，猛地抓向那只鸟儿，但是戈尔迪立马飞起来，逃离了他能够到的范围。贾斯汀有些泄气，向后退得太快，椅子失去了平衡，他一下摔在了地上。

“放弃吧，毛头小子。”戈尔迪幸灾乐祸道，“你这是在浪费时间，浪费我们本可以用来找米兰达的时间。”

贾斯汀站了起来，他知道他不可能听见鹦鹉跟他讲话，他知道米兰达一头扎进鲨鱼群里不可能生还。这一切都太荒谬了。但是如果有一点点她还活着的希望，他必须知道。“带路吧，小鸟。”

“还不急。”戈尔迪歪歪头，“有些事你必须先了解一下。相信我，米兰达一定会疯狂地爱上你，如果你能把这事儿办成的话。”

“把什么办成？你在说什么？”

“森本企业。”

那是贾斯汀最不愿听到的一件事，“他们怎么了？”

“嗯，他们很不受米兰达待见。所以要是你能完成她还没完成的事的话，她一定会非常激动的。”戈尔迪蹦到厨房的餐桌上，“坐下来，我给你讲个故事。”

贾斯汀坐到椅子上，“一个故事？关于谁的？”

“一条热爱鲸鱼的年轻漂亮的人鱼的。”

★★★

“划快点儿，棒小伙儿。”

贾斯汀甚至懒得回头看一眼那只在船尾待着的鹦鹉，“戈尔迪，如果你不小心掉进了海里，你觉得会有人注意你、在乎你吗？”

沉默是鹦鹉给他唯一的答案。完美。贾斯汀感觉他正在经历一场灵魂出窍。他知道他一定是失心疯了，才会被这只多嘴的鹦鹉撺掇着租来这条死亡之船。但他还是继续划着桨，哪怕那波涛看着像是要把他们一下拍回岸边，哪怕脑中甚至有个声音在嘲笑着自己。米兰达怎么会是一条人鱼呢？这世上不存在人鱼，小孩子都知道的。

但话又说回来，鸟是不会讲英语的，那只鹦鹉却连着发牢骚发了好几天。

“你觉得我们该走多远，戈尔迪？”

“噢，所以我现在能说话了是吗？真是我的荣幸呢。”

很长一段时间里，贾斯汀听见的只有头顶海鸥的鸣叫，和身边海浪拍击船身的声音。阴沉的天空泛着灰，呼吸着咸湿的空气，他叹了一声。

“小伙子，在你和大自然交流完毕之后麻烦通知我一下。”戈尔迪叫了一声，“因为我看见米兰达了。”

贾斯汀猛地一转身，带动着小船险险地晃动了两下，“哪儿？她在哪儿，戈尔迪？”

“如果你能保证不会掀翻这艘船的话，我就告诉你。”戈尔迪展开翅膀并扇动了两下，“别忘了，如果我想逃走的话，我有它们。而你，只能和你的两条腿一起沉入海底。”

但贾斯汀完全没有听进去，他扫视着海面，却没发现有任何人或物在水中挣扎的迹象。

“鲨鱼，鲨鱼。”戈尔迪喊道，它的声音比平时更尖锐了。

贾斯汀一下呆住了。

“开个玩笑啊，哈哈，真有趣。”如果鹦鹉也会笑的话，戈尔迪已经笑得直不起腰了，“啊，孩子，在这场小小的冒险结束以后，我会想念你的。”

为了不弄翻这艘船，贾斯汀慢慢地转过身，坐回他的座位里，“戈尔迪，在我掐死你之前，我再问你一次，米兰达在哪？”

“看见那儿右手边那块岩石了吗？我们现在可不在哥本哈根，所以我猜你看见的那个可爱的东西不是个雕像，她一定是你的小人鱼。”

贾斯汀抬起手遮在眼睛上方，紧紧地盯着那块岩石露出水面的部分，就像那只鹦鹉说得那样，那是个人形，尽管除此之外他再也看不清别的什么了。一阵沮丧涌上心头，他多么想看一眼米兰达啊。他拾起了船桨，不管那儿是谁，他们都需要救援。他开始划了起来。

划到半路，当他再次抬头看去时，他已经能分辨出，那是名女子的身形了。

“贾斯汀。”那女子呼喊道。

那是米兰达的声音。听到呼唤的那一瞬，一股欢欣的电流穿过他的全身。他立马跳了起来，紧接着发现这是个多么错误的做法，这条船由于这一举动又开始猛烈地左右摇晃起来。

“坐下，贾斯汀。”她对他喊道，“我会过来找你的。”

有些魂不守舍的，他看着她纵深跃入那波涛汹涌的大海中，先是她的脑袋、肩膀，消失在海面上，然后，是她的尾巴。她的尾巴。贾斯汀紧紧抓着两边的船帮。神圣的海洋生物，他终于见到它了。淡绿色的尾巴泛着微光，斜斜地覆着金光闪闪的鳞片。米兰达是一条人鱼。

他太过震惊了，一时竟无法将思绪连起来，而此时，米兰达已经游到了他的船边。

“贾斯汀，你来啦。”她攀着船帮，只露出了脑袋和肩膀，“我曾经非常害怕你的到来。”

他低下头，仔细地端详着那张他在如此短的时间里就爱得无法自拔的脸。她还是那个有着金红色的头发，大海般清澈的眼眸，天使般的脸庞的女孩儿。人鱼。无所谓。他不在乎。她就在这儿，这就够了。他伸出一只手，抚上她的脸颊，“我以为你已经走了，我要永远失去你了。”

她猛烈地摇着头，“我只是想帮助那些鲨鱼，我觉得好像有什么不对劲的地方。可那只是一个骗我回家的圈套。”

那是个奇迹。“你现在在这儿了。”他摇着头，“你是条人鱼。”

一丝甜笑从她的唇边溢了出来，“是啊，比起女佣，我更是一条人鱼，真的。”

他笑了笑，但很快又恢复了冷静，“那么接下来会发生什么呢？”

她眼神中的憧憬与希望触动了他的心，“那取决于你想要什么了，贾斯汀。”

他毫不犹豫地脱口而出：“我想要你。”

“那你首先得知道一件事。”

“是的，你是条人鱼，我看见了。”

她摇了摇头：“不是这个，是关于森本的事……我做了些手脚。”

“我也是。”他笑着低头看了眼手表，“而且现在，信使应该已经将包裹送到了森本健治手里。我送了他一场新的公关活动，那些东西我相信你也会同意的。”

她的脸上划过一丝困惑，“我不认为我会这么想。”

在此之前一直一反常态地保持沉默的戈尔迪开始叫了起来，“噢，你会的，人脸鱼。这个两条腿的家伙干完了你还没完成的事，并且，我得补充一句，即使作为一个人类来看，他也是完成了一项很出色的任务。”

贾斯汀咧开了嘴。

“你没疯吧？”米兰达问道。

贾斯汀凑近她，“如果说是想你想疯了，那我确实是；如果说是想把你带回家把你变成我的，那我确实是，但如果说是气疯了？完全没有。”

快乐使米兰达整个人越发的明艳动人，落在贾斯汀眼里，心里柔软得一塌糊涂。

“我该怎么谢你呢？”

“让我看看你的尾巴。”

“乐意效劳。”米兰达消失在了水下。当她游到二十英尺开外的时候，她一个纵身跃了起来，脊背微弓着，然后又扎进了水里。

在他的有生之年，他从未见过如此壮丽的画面。看到米兰达作为人鱼的一面，他的心中充斥着惊愕与不确定。

“米兰达，”当她重又回到船边时，他问道，“我们现在该怎么做呢？我们怎样才能……我是说……嗯，你怎样才能跟我一起走呢？如果你想的话，也许你并不想离开这大海。”一瞬间，他开始自我怀疑起来。

“我会抛弃这一切，义无反顾地跟随你。”米兰达从水中探出半个身子，“如果你真的，真的想要我，并且能够接受我、爱我最真实的样子，这一切都没问题。但是首先，你得证明给我看。”

“当然我想要你，只是抱着那一线我想再见你一面的信念，我就启程踏进了这片太平洋海域。”贾斯汀想将她一把环入怀中，再也不放手，“还要我怎样才能让你相信我呢？”

“吻她，你这个傻瓜。”戈尔迪没耐心地叫了起来，“噘起嘴，证明它。”

这真是贾斯汀所经历过的最容易的一次考核了。他凑近身子，双手捧起米兰达的脸颊。他的拇指温柔地摩挲着她的面颊，感受着她皮肤的光滑质感。他的唇轻扫过她的，初时只是蜻蜓点水，但很快，他们之间的激情主导了一切。

他永远不想结束这个吻，可他发现米兰达开始软瘫在他的怀中，他惊慌地向后退开了些。“米兰达，亲爱的，怎么了？”没有回应，“帮忙啊，戈尔迪，我做了什么？她怎么了？”

鹦鹉越过他的肩凝视了片刻，“棒极了，白马王子。但没必要这么惊慌失措的，又不是说这条海里不再有人鱼了，你能再找一条。”

“我爱她，戈尔迪。她是不可取代的，她是完美无瑕的，我是说，噢，上帝，米兰达，快醒过来吧。我爱你。”

当他将米兰达拉到船帮上时，他忍不住发出了一声啜泣。他左手抱着她，右手环到了她的膝下，脸埋在她的头发里，轻轻地摇着她。为什么命运如此残酷，让他刚一尝到与米兰达重聚的欢欣，又立刻经受再次失去她的痛楚？

“放轻松，这位水手。”戈尔迪的爪子摁进了这艘左摇右晃的船的边缘，“仅仅因为你刚刚杀了米兰达，并不意味着我们得掉下这艘船。”

“别再取笑他了，戈尔迪。你可真是讨厌。”

米兰达的声音打破了贾斯汀的震惊状态。“米兰达？”他向后退了退，低头看向她，“你还活着？”

她朝着他笑了起来：“你爱我。”

“当然。”他半哭半笑着。

“我知道，我得到证明了。”米兰达抬起她的一条腿，来回摆动了一下，“看见了吗？我的朋友在我身上施了一个咒。当你吻我的时候，如果你不爱我，或是还没真正接受我人鱼的身份，那么我将永远以人鱼的身份度过我的后半生。但你的吻证明了你对我的爱是发自内心的，我现在是一个人类了。”她抚上他的脸，眼神流连在他的唇上，似是在邀请他再吻她一次，“我可以和你在一起了，永远。”

“永远真是再好不过了。”贾斯汀更紧地环住了她，“现在，让我再证明一次吧。”

后 记

“谢谢，里昂太太。”米兰达从管家太太手中接过装有薄饼的碟子，把它放到她怀孕的肚子上，稳住，“用这个薄饼对抗全天的无力，简直不能再棒了。”

“不用谢，亲爱的。”管家太太将一个靠枕塞到米兰达的背后，“你知道吗？听说孕吐的感觉和晕船的感觉很像。”

“真的吗？我这辈子还没感受过晕船呢？”米兰达轻咬一口薄饼，啜一口姜汁水，“但这个孕吐之后会好的，对吧？”

“对的。”管家太太肯定了她的问题，“再过几周，你就能恢复到人类的状态了。”

对管家太太不经意的措辞，米兰达一笑了之。

贾斯汀此时正好回来，他穿过法式大门，随手把商务包放在空椅子上，然后朝里昂太太打了声招呼。里昂太太轻手轻脚地退了出去，他把注意力放到妻子身上，“亲爱的宝贝，我的两位公主，今天过得好吗？”

米兰达满脸爱慕地看着她的丈夫。贾斯汀看她的目光，爱恋她的样子，她大概一辈子都不会腻吧。她伸出一只手，牵引他坐在她身边。然后她牵着他的手抚上自己的肚子，“我们过得不错。你呢，你工作怎么样？”

“很好。等会吃饭的时候细说。”他顺势滑进沙发，将头靠在米兰达肩上，“今天园里来了十个学校的学生。大家都挺满意的。我觉得我很快乐。”

米兰达满足地舒了一口气。他们现在的状态不能更棒了。回陆地后不久，马上有新闻爆出联合国国际法院对日本政府进行警告，要求日本政府停止发放任何在南极洲的捕鲸许可。意料之外，日本政府对捕鲸的态度发生了逆转，同意停止一切捕鲸行动。森本企业没办法，只得紧急转变商业方向。森本健治在他退休之前，将贾斯汀任命为“海洋世界”项目的执行董事。

贾斯汀的第一个决策是改变海洋世界的运营方向，将以往的娱乐性质转变为海洋教育性质，专注环保项目。他的第二个决策是任命米兰达为海洋生物采购的负责人。他们共同努力，将那些想回到海洋的海洋生物都送回大海，他们还开展了“交换生”项目，自愿原则，每个海洋动物或者海洋生物都能来海洋世界生活一年，感受人类世界。

甚至连戈尔迪在海洋世界也有了工作，有了新家。它被任命管理一小群色彩鲜艳的金刚鹦鹉，它们的羽毛色彩丰富，有深红色、紫蓝色和绿色。这个安排极棒。戈尔迪在自己的小世界里称王称霸，至少它这么认为。而洛克希勒的家再次恢复宁静。很多学校的孩子参观完海洋世界，回家后向父母形容时，第一句话总是：“你知道吗？那里有一只很吵很吵的鸟……”

对米兰达和贾斯汀来说，一起生活，一起工作，这样的日子就像在天堂。

“我在想，珀尔出生后，我想做点不一样的事儿。”米兰达说道。

“说说看。”贾斯汀喜欢看她尝试一切新事物。

“好啊，我之前读到一款饮料叫作海滩上的爱恋——”

“这不就是你现在怀孕的原因吗？”贾斯汀打断道。

米兰达朝他妩媚一笑，“那么，我们要试试吗？”

他牵起她的手放在唇边，印上轻轻一吻，“为了你，我愿意。”

图书在版编目（CIP）数据

人鱼公司 / (美) 卡罗琳・米克尔森著；胡丽婷，周梓瑶译. -- 天津：天津人民出版社，2018.8
书名原文: Mermaid Inc.
ISBN 978-7-201-09829-6

Ⅰ. ①人… Ⅱ. ①卡… ②胡… ③周… Ⅲ. ①长篇小说—美国—现代 Ⅳ. ①I712.45

中国版本图书馆CIP数据核字(2018)第176320号

著作权合同登记号：图字 02-2018-206 号

人鱼公司
RENYU GONGSI
[美] 卡罗琳・米克尔森 著　胡丽婷,周梓瑶 译

出　　版　天津人民出版社
出 版 人　黄　沛
地　　址　天津市和平区西路西康路35号康岳大厦
邮政编码　300051
联系电话　022-23332469
网　　址　http://www.tjrmcbs.com
电子邮箱　tjrmcbs@126.com

责任编辑　金晓芸
产品经理　汪德均
封面设计　邦蓝品牌

印　　刷　北京虎彩文化传播有限公司
经　　销　新华书店
开　　本　880×1230 毫米 1/32
印　　张　4.5
字　　数　66 千字
版次印次　2018 年 8 月第 1 版 2018 年 8 月第 1 次印刷
定　　价　35.00 元